小情書2
小書
著

不服氣的女子——小情書2序

阿濃　兒童文學作家

一九五七年，我被派往荃灣官立學校任教，那時荃灣還是新界一個新市鎮，交通不便。因此學校設有宿舍，提供少量宿位。宿友之中有一位女同事叫蘇恩佩，虔誠的基督徒，最有愛心的老師。面對最頑皮的學生，責怪的語調也是那麼溫柔。我跟父母搬進附近的蕙荃里，十來分鐘就可步行回校。

我們任教上午班，下午回到教員室改作業，往往只有我跟她兩人。偶爾會聊聊天，也偶爾會聽到她的歌聲，她是音樂教師嘛。

她因病離開教職，帶病去美國進修，畢業後帶病做宗教事工，最後懷著「我能為這城市做甚麼？」的心意，回到香港創建了突破機構，出版了的正軌。

《突破》和《突破少年》，希望以生命影響生命，幫助迷失的一代，走上人生

我被邀在《突破》和《突破少年》撰稿，之後她在突破社址送我她寫的

《死亡，別狂傲》，不久完成了她光輝的一生，留下「突破」繼續為這個城市

的年輕人服務。

我的一本《突破少年》故事的結集是《本班最後一個乖仔》，而本書的

作者小書同時是《死亡別狂傲》和《本班最後一個乖仔》的讀者，在《小情

書2》裡都有提及。

把我們連繫在一起的不止是文字因緣，而是蘇恩佩和小書都具備的不

服氣精神。蘇恩佩沒有被癌症壓倒，沒有被死亡嚇倒，她打贏了。小書在

多方面具備這種不服氣的精神，她知道一個新人出書是多麼難，書出版了

推銷又更難，她不服氣，做了前人從不曾有的大量推廣工作。她知道書店

是難經營的行業，她效法最成功的書店成立了自己的小書舍，至今仍在虧本中，以她不服氣的個性，書店會繼續奮戰下去。

更想不到的是禍從天降，在她積極為理想奮鬥取得成績時，險惡的癌症纏上了她。《小情書2》成為她挑戰惡運的戰書，也是對生命表現愛和勇敢的情書。

「關關難過關關過」，她說，「每天都有新挑戰，每一次挑戰都學多一點東西，路程雖然艱辛，起碼沒有虛耗光陰。」

「但我的確體驗到生命的無常和有限，要珍惜的人和事太多，自己一定要盡力在這一生完結前把該做的事都做好，讓此生無憾。」

小書在嚴峻的挑戰中學到許多寶貴的東西，已經寫進這本書裡，其中首先要學的是對命運的不服氣。努力！加油！

寫給生命的情書——小情書2序

茹國烈　香港藝術學院院長

聽說野生的貓生病時，會自己找能治病的草藥來吃。讀完小書的《小情書2》，我想起這個說法。

《小情書2》裡面最感人的部分，就是小書自述患癌的經歷，這個恐怖的病，像個熱帶風暴般，無緣無故地降臨在原本忙碌於工作、看書和寫作散文的小書身上。病情急速得根本無時間讓小書細想要怎樣反應，她便要做很快的決定，找出這是甚麼病，跑去找不同的醫生。決定要開顱做大手術。在這些排山倒海的壓力之下，她怎樣處理自己的心情？

她看書。

像是那隻貓去找不同的草藥，小書跟著她作為愛書人的直覺，去找不同的書來看。從發現癌症到康復這個過程，她找了十本書來看，分別是：

《100天後會死的鱷魚》
《遊牧人生》
《癌症病房裡的一千零一夜》
《死亡別狂傲》到《蘇恩佩文集》（第一及第二冊）
《無用的日子》
《一場極為安詳的死亡》
《死亡與生命手記：關於愛、失落、存在的意義》
《靜子》
《一人一貓的單車環球冒險》
《如果沒有書店》

我們好像看到，小書在發現頭部生了個腫瘤的時候，在診所等候看醫生的時候，在家準備入醫院前，和在病床上康復的時候，在驚恐、迷惘、悲傷、憤怒和痛苦中，她都在拿著書。

在和疾病戰鬥的過程當中，她看的書卻不是關於治病的。看這個書單，有關於疾病與死亡的，有關於臨終的陪伴，關於人生的無常，有些是關於生活方式的選擇，關於一次改變生命的出走，關於投入一生的愛好。

小書在病中找尋的藥，是人生的意義。

書中的編排是小書在自述治病的過程中，加插十本書的書評。從閱讀不同人生的故事當中，在一篇篇書評中，她在問：「做人是為什麼？」她自己的故事，和這十個來自世界各地的人生故事，串連起來一起讀，像是打開了一道道的門，告訴我們，人生有限，但創造出來的意義卻是無限。

這個沉重的題材，她寫得竟然很輕鬆。小書寫的白描很好看，沒有用很多形容詞，她的文字有一種旁觀者的冷靜，去描述生命的重擔。我覺得，她的閱讀，她的書寫，都是她的藥。

小書是一個很特別的人，她熱愛生命，愛得是那麼深，以至在面對生命的考驗時，寫了一封情書，就是《小情書2》。

友情推薦語

（按姓氏筆劃排序）

「小書」的真實姓名中沒有一個「書」字，但她會看書、揀書、買書、讀書、還儲書、開書店、賣書、開直播推介書、還寫《小情書》，一次還不夠，還要出版《小情書2》；可想而之，她有多麼愛「書」，又有多麼愛「情」；有時我覺得她「做書粉」的衝勁有點兒過火了，甚於她自己的健康；不過可能這就是值得我們尊敬，鼓勵和支持她這本《小情書2》的原因，因為它代表了「小書」對書和人生全情投入的情和愛。

Peter Lee　卡通白海豚小海白原作者

在電台認識小書，第一個感覺是她是一個好能幹的女仔。其後拍攝電視節目開始熟絡，得知她病情，還要面對排山倒海的工作、打理書店、辦市集、出書……究竟一個女仔是怎樣面對這麼多事情呢？期待《小情書2》再一次與大家進入小書的文字世界，陪她一起經歷，最後最緊要是要身體健康！

可宜　電視主持

小書在新城知訊台因應DJ／主持／演藝人鄭啟泰的邀請，二〇二一年在該頻道的新節目「新城書房」擔任嘉賓主持，沒多久更在去年的香港書展之前，出版了她的首本《小情書》。《小情書》內容我不多說了，兩個字「好睇」。想說的是她一面文氣洋溢，一面企業家那樣精打細算，平衡兩邊並不

容易。我在新城財經台工作多年，可能左腦用得比較多的關係，看小書這個人，通常用生意角度看她的經營狀況，疫情下生意當然不易做，但甚為欣賞她對文化出版的執著，亦用心經營她的心血事業。我相信《小情書2》一定會記錄著她的步履足跡，持續發出生活的正能量！

朱子昭　新城廣播有限公司總經理（節目規劃及頻道運作）

當知道小書新作面世，心裡一直想參與其中或出一分力。剛好看到小書的邀約，決定自告奮勇寫下一些鼓勵語句，我馬上靜下來想一想，我和小書到底有哪些共通點。

在戲曲界，啟德遊樂場、荔園、醫院，其實都是我常到之處，因為啟德和荔園（百麗殿舞台）都有戲曲的演出場地。我們大部分戲班子女，都在那裡渡過了愉快的童年：摩天輪、掉階磚換香口膠、恐龍屋等都深深印在腦海裡。至於醫院，是因為戲曲從業員一般年齡比較大，生老病死很早就已經在我的生命裡出現，我們在台上演活了悲歡離合，也演盡了生老病死；演武場戲或拍電影受傷更是家常便飯，但這一切一切都沒有小書的經歷來得震撼。當下收到小書患病的消息，一時間不知如何應對，在對話的文字裡，我一直用支持和鼓勵的語氣，電話另一邊的我，不停抹著流下的淚水。也許是來得太突然，也許是您實在太年青了，一時間很多的為甚麼湧上心頭。

小書在醫治過程中肉體上和心靈上的痛實在無法想像，但妳的正量，積極面對生命的力量，正正像我們戲曲一樣，用生命影響生命。生命本就是有限，但珍貴就在於，我們用有限的生命，留下令人津津樂道的精神和回憶。

阮德鏘　戲曲演員

小書的文字是溫暖的。

閱讀小書的文章，就像是一個好朋友跟你閒聊近況，感覺很舒服。《小情書》出版後，小書突然患上重病，即使面對死亡，但她並沒有放棄，堅持繼續寫作，且結集成新書，值得敬佩。

小書以文字溫暖自己、以文章溫暖世界；《小情書2》，誠意推介！

何故　跨媒體創作人

看《小情書2》，感到作者比起之前，無論是作為一位說書人或者是一位擁抱生命的情人，都成長了不少。這本小書承載著作者滿滿的心情剖白，和慷慨分享這段生命旅途中十本重要的書籍，用行動證明書是人類精神的伴侶。她對生命無常的體會，告訴我們每分每秒的可貴，和身在這個旅程當中的福氣。

李慧心　香港都會大學教育及語文學院院長

文學作品不論詩詞、小說散文，最重要的是真。小書的文字，就是那麼的赤裸、真摯。讀她的文字，恍如讀著她的靈魂深處。她像是你最好的知已，一點也不保留的和你分享她的內心世界與喜怒哀樂，因而觸慟。

韋然　香港多元文化人　香港兒歌之父

給小書的信：

認識妳是去年鄭啟泰的新書發佈會，雖然妳只是協助該書的核對及聯絡工作，但在現場看到妳對整個發佈會每件事的認真，可想而知妳是一個多麼敬業樂業的人。

當我看了妳送給我妳的《小情書》之後，我可以說更加佩服妳的世界觀及文筆！因妳曾告訴我妳之前是一位英語老師而中文卻又寫得那麼暢順！除此以外，書中字裡行間，我感受到妳是一個非常浪漫及豁達的人！

最近，得知妳患上重病，我只希望妳能勇敢面對！我經常掛在嘴邊一句「人在做，天在看」！既來之則安之。

在我的宗教信仰裡覺得每個人都有一個定數！衷心希望妳能積極面對！！

明天會更好！

祝

安康！

陳德森　《十月圍城》金像獎導演

去年的《小情書》，讓我知道真心說故事的魅力。

小書在這一年間，經歷的事情實在太多了。也許，已經把人生的無常看成常態，今年《小情書2》，是正視命運的一個體驗，值得用心細閱。

人生，總會有一些起伏，需要同伴手把手的陪你面對，《小情書2》正是一個這樣的同伴，早一點認識這個朋友，為自己的生命增加一點厚度。

黃獎　香港作家

認識小書多年，亦成為好朋友，她憑著一股衝勁與信念，開了一間實體書店「小書舍」，看她書店的選擇，知道她是一個充滿感情和活在當下的作者。去年她出了第一本著作《小情書》，亦鼓勵同協助我出第一本文字作品，合作過程見她無私、專業、愛文字、愛作家、健談，小書是一位不可多得的文人、商人、好朋友。

《小情書2》令我更加了解甚麼是情。

鄭啟泰　電台節目主持

目
錄

城市裏的回憶

突如其來的旅程
和陪伴我走過的十本書

發現

漸漸明白，我不堅強，沒人替我勇敢。

二〇二一年九月某天晚上，洗澡過後照鏡子，赫然發現右邊臉近太陽穴的位置腫了一塊，左右對照，更見明顯，深覺不妥，趕緊到醫院求醫。醫生問我有沒有頭痛、頭暈，也問我有沒有意外撞到過頭部，但真是沒有啊！除了偶爾因為工作緊張而失眠、沒吃飽飯而頭痛外，我比正常還要正常。每天投入工作，耗盡心力經營著我的市集和書店，每星期也到電台做節目，健健康康、幹勁十足。

進行電腦素描檢查後，醫生告知事態嚴重，只見電腦影像中右邊顳骨

（耳朵附近近太陽穴的位置）已被不明的腫塊完全吞噬，要作進一步檢查才能決定下一步怎樣處理。急忙安排另外幾個檢查，接下來看了兩個腦神經外科專科醫生，進一步確認進行手術取出腫塊是唯一迫切要做及可做的。

十月末，進醫院進行開顱手術；等了五天的化驗報告，得出的結果是我生了一個惡性軟骨腫瘤，是骨癌的一種。腫瘤給移除了，卻只解決了即時的危機，出院後休養，一個多月後就開始電療（放射治療）。簡單來說，就是以高能量的輻射殺死或破壞腫瘤細胞，並阻止它們繼續生長、分裂或擴散，也就是說，手術未能完全徹底把惡性腫瘤根除。

今天是我進行第二十六次電療的日子，做到第三十次就算是完成整個療程。

今天，我開展了新的生活，搬進新居，開始動筆把這幾個月的經歷一一記下。

| 攝於十二月初，電療前一星期

小小四格看出生命意義
——讀《100天後會死的鱷魚》

每個人一生下來的結局其實早已注定：「死亡」是我們無可避免、終將面對的現實；然而在生活日常中，我們總習慣把「死亡」置身事外。

因工作需要，每星期我總會流連大大小小的書店；早陣子在不同書店總看到一本被膠套封著的漫畫，白色的封面上只有印有書名及一頭線條簡單、甚至可說是畫得挺粗疏的鱷魚。

《100天後會死的鱷魚》是日本漫畫家菊池祐紀二〇一九年十二月起在

Twitter 上的爆紅連載，直至二〇二〇年三月底，這個每天更新的四格漫畫已累積超過一千萬篇好評，大概它真的是太紅了。這份一百天的創作在同年四月已經被製成書籍版本，在日本的書店發售，連同 T-Shirt、鎖匙扣、公仔等紀念品，掀起了一陣狂熱。而這鼓熱潮於今年四月此書的繁體版本出版時，由台灣悄悄的吹到了香港。

故事圍繞一頭純真而善良、名叫阿綠的鱷魚。他剛畢業不久、由家鄉到城市打工，供養鄉下的父母。城市生活一向予人多姿多彩的感覺，而阿綠內向和猶豫不決的性格卻令牠把生活過得平淡無奇，至少從牠的一舉一動之中，很難感覺到牠對生命有任何熱切的期待。

沒有短期目標也沒有遠大理想的阿綠下班回家不是看電視就是刷手機；公餘時間跟好友灰鼠、鼴鼠打電玩、吃飯、打籃球；暗戀同在咖啡廳工作的前輩不敢開口表白；最厲害的要算是在灰鼠的鼓勵下參加了一次電競大賽，雖然落敗但卻說如果有下次的話，牠會再參與挑戰。

在城市，我們每天也經歷急速又千變萬化的生活，每每來不及感受和思索生活中的一事一物，便給下一波的生活浪潮蓋過，不是嗎？早上從Facebook得知尖沙咀有一個很搞笑的打咭展覽，下午在WhatsApp群組中看到旺角有一間很出名的芫茜火鍋，晚上又在Instagram見到一套期待已久的電影快將上映……時間分分秒秒的過去，我們最後能做到的事情、能達到的目標又有多少？

也許，阿綠像極了我們身邊的朋友，甚至阿綠就是你或我的倒映，因此這部漫畫推出時，讀者很容易便找到共鳴。故事中，我們都替阿綠著急，因為作者就是以倒數的形式，跟讀者一步一步走近阿綠悄然來臨的死亡，讓我們知道「死亡」就在我們咫尺之間。

生命是一趟不斷要我們作出選擇的歷程，有人選擇花一天打電動、有人選擇花一天踢足球；有人選擇吃火鍋、有人選擇食漢堡；有人花五千元做善事，有人花五千買包包……每個人如何選擇無可厚非，重要的是我們需要意識到生命有限，那末我們便會把生活過得更謹慎，慢慢學會且行且珍惜。

《100 天後會死的鱷魚》的粵語版電影早前上影了，我早前看過電影的日文原版，除了漫畫版的情節之外，電影交代了阿綠死後朋友們如何走出喪失好友的傷痛，令整個故事更立體、更完整，有興趣的朋友除了看書，一定要同時看它的電影版啊！

《100 天後會死的鱷魚》
作者：菊池祐紀
譯者：呂盈璇
出版社：三采文化出版事業有限公司

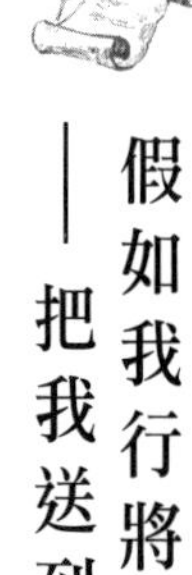

假如我行將逝去——把我送到花園裡好嗎？

該怎麼説起呢？反正我現在就想為自己打點一下身後事。甚麼？時候太早了嗎？大吉利事？你有你想的，我有我要做的。

一直對喪禮的花費沒甚麼概念，我只依稀記得當年父親過世，三姊妹每人付了五萬元，還有別的相關支出。以此作估算，一個傳統的喪禮連同骨灰龕位所需的資金應該大約是二十萬左右。

在網上查一查資料，原來香港的喪禮形式大至分為「經殯儀館守夜、次日出殯及大殮服務」和「院祭服務」兩種。前者是最廣為大眾使用的殮葬方式；而後者指的是逝者從醫院或公眾殮房直接出殯，家屬親友可作簡單的送別儀式，之後靈柩由靈車直接送往火葬場火化或墳場下葬。

在喪禮方面，我希望可以一切從簡。「院祭服務」應該是最相宜，花費約港幣一萬七千元已經包括棺木、出殯仵工、出殯靈車各項接送、火化費、死亡証、先人潔體、化妝、先人布被、壽衣、靈車花牌、先人大相、祭品、喃嘸師傅（如需要）及出殯旅遊巴士。只要家人到時候能堅守我「一切從簡」的意願，一個「院祭服務」的喪禮要花費的應該不多。其實最好我可以穿上自己平時最愛的衣飾，帶上幾本我最喜歡的書一起火化那便完滿了！

至於火化後的安排，我無兒無女，死後大抵也不願親朋友好舟車勞頓就是為了記掛著每年得給我燒幾炷清香、鞠幾個躬、或者奉上幾個我再也吃不到的鮮果和我最喜歡的雞蛋仔、鹹水角、奶皇包、海膽、軟殼蟹手卷和韓式辛辣麵。更重要的是你知道一個私營的骨灰龕位要多少錢嗎？數萬元的有，數十萬的也有。但拜託，真的別花這些錢去買一個小方盒把我困在裡面，多留點錢旁身不是更值得嗎？又，如果是要將我的骨灰先安放在長生店，跟其他大包小包的、素未謀面的陌生人的骨灰堆疊在一起，再要花上三五七年東奔西跑的排個政府龕位，感覺就是拖累了在生的人，自己的靈魂也不好受。

說到自己最理想的殮葬方式，就是把骨灰撒在紀念花園，讓靈魂每天都在花草間曬曬太陽，看看書。現時香港有十三個紀念花園可供選擇，港島有哥連臣角，九龍有鑽石山，新界有和合石、富山、葵涌、屯門，要再清靜一點的可選長洲、坪洲或南丫島。喜歡看海或者是水上活動的可以選擇海上撒灰：塔門以東、東龍洲以東、西博寮海峽以南的海域任君選擇，食環署每年會在春秋二祭前後安排免費紀念航程，方便家屬出海悼念先人。

至於拜祭呢，其實骨灰撒了以後，就算是塵歸塵、土歸土了，何必再拘泥於拜祭與否，在心中好好的把我思念不就更有意思嗎？想我的時候就讀一頁書，記得你生命中曾經出現過一位很喜歡書的親人或摯友吧。

最後，別忘了在網上登記器官捐贈，告知家人你的意願，還要等到衛生署回電話給你確認才算完成登記啊！（最近完成登記，所以很清楚程序。）

其實提前準備一下，就是對自己的人生多負一點責任，在自己仍有意識、對自己的身體還有一點主導權的時候，把自己死後的事都安排好，為家人省下心思，不是很貼心嗎？

| 最近在家中的陽台種花

假如我行將逝去
——遺物該往哪裡去？

有想過死後如何處理自己的物品嗎？呃，我的意思是你死了之後，希望自己的物品都給怎樣處理？

聽過不少故事，親人離世後，家人因承受不了錐心之痛，不敢去觸碰逝者的遺物。也有因為太過思念接受不了殘酷的現實，把逝者的一切都原封不動的留在家裡。

曾經從報章上讀過香港著名科普、科幻作家李偉才先生痛失獨生女兒的故事：二〇一一年，李的女兒在參加完中大營新營後兩天，只留下一封道別信便從家中一躍而下。女兒驟然離世，他與太太過了兩年終日以淚洗面的生活，期間勉強支撐著，一點一點把女兒的衣物、課本和毛公仔或送人、或丟棄，房間書枱及書架上的擺設卻始終原封不動。直到過了又好幾年，我從網上資料看到，李先生已在二〇二〇年底把當年的住處出售。

時間，可以緩解傷痛，卻不可撫平傷口，我不敢想像李先生夫妻二人是怎樣熬過這段悲痛的日子。知道自己在顱底長了一個惡性腫瘤後，腦海裡先是一片空白，然後很快就想到了死亡及種種與之相連的問題。其中一個我覺得很重要得處理好的問題就是死後，我的一切有形之物，究竟會給怎樣處理？像我這樣的平凡人家自然不會是家財萬貫，能留下的大概都只是一堆自覺值得珍視的物品：我最心愛的書本、親朋好友送的紀念品、從前學生送的小卡片、一堆堆舊照片……

說到這裡，大家都可能想到「遺物整理師」——一個源於「孤獨死」而來的職業；除了整理及處理逝者的物品，清潔及還原現場，避免家屬觸景傷情、令房東可以更快把單位出租等也是「遺物整理師」的重要任務。日本的「遺品整理士認定協會」於二〇一一年成立，按此推想，更早的時候「遺物整理師」這個工作已經在日本出現；二〇一八年，在韓國的《職業類別辭典》中，「遺物整理師」這一職業首度被正式登載。在台灣也有「遺物整理師」這一個職稱，而在香港呢，聽說這一行的從業員一般叫做「凶宅清潔師」。

大概沒有人能說得定自己會在怎樣的情況下離開，但如何事先把自己的物品處理好卻是很可能辦得到的。曾經看過一本叫《剛剛好的半獨居生活：與自己相處，珍惜具體而微的美好事物》的書，作者 Chocolat 在二〇一六年六十歲的時候開始在部落格中分享當時獨居生活的點滴，生活中貫徹「老前整理」的信念，說明隨年漸長，簡樸的生活帶來的不單是生活上的小

幼稚園畢業照

確幸，適當地放下不需要的人和物更是走完生命的時候送給至親的一份心意。

細細想想，現在就該抱持這個心態去活，也許到時候我根本不需要太費心思安排整理自己的遺物吧。

假如我行將逝去
——遺照一定要漂亮

知道要動手術之後，我起了為自己拍遺照的念頭，但由所有檢查完成到決定做手術都只不過是兩個多星期，時間實在緊迫。再者，在此時此刻拍一張遺照，好像不太吉利。

朋友的親人離世，家中找不到老人家的證件相，原來老人家是家庭主婦，一生沒有拍過一張證件相。「喃嘸先生」說普通的家庭照也可以製成「車頭相」，他會從中剪裁出合適的大小，把相片放大，但由於解像度較差，照片會稍為模糊。

印象中見過的遺照都是黑白無色，先人的臉總是木無表情（沒有冒犯之意，請見諒），格外陰森恐怖。這些刻板印象可能都來自小時候在電視看到的僵屍電影，也可能是小時候曾經跟家人到澳門拜祭祖母，她的牌位被放在遙不可及的高牆上，與其他先人的牌位密密麻麻地擠在一起，庵堂內燈光微弱，顯得份外神祕。

記得爸爸去世的時候，媽媽選了一張爸爸的證件相做遺照，用於喪禮上，也用於骨灰龕位的小石碑上。那是一張彩色的證件相，爸爸穿上藍色有領上衣，臉帶微笑，臉色紅潤，原來遺照是可以用彩色的！

大概在電療過了一個多星期後，我再一次認真思考遺照的問題。那時候臉上因動手術而出現的腫好像稍為消退一點，趁著電療的副作用還未全面襲來，我是否要去拍一張證件相預備用作遺照？

記起多年前在沙田工作，午飯多去禾輋商場，舊屋邨商場裡有一家家族經營的照相館，店面位置不大，但設備一應俱全，門外有放著攝影師為一些名人拍攝的照片。我一時之間忘記了店名，上網一查，輕易找到照相館的網站，家庭照、畢業照、面試照、婚照、造型照、證件相、見工相、班相、寵物相通通都有，唯獨是沒有「遺照」這一項，難道真的沒有人會預先為自己拍攝遺照嗎？

轉而向一些攝影師朋友查詢，幾乎沒有人要為自己拍攝遺照，如果我真的要拍的話，當成是一般證件相拍攝就行了。雖說可當作一般證件相般拍攝，但我認為遺照畢竟是自己在告別人世前的最後紀錄，在認識你的人腦海中留下的最後印象，雖不至於要像婚照般花巧，但也一定要精精神神、讓生者看到後感到安心。

曾經在一些日劇、韓劇中見過在喪禮完結後，家人會把逝者的大相帶回家中安放。在香港，礙於居住空間太過狹小，放置於靈堂上的大相，通常在火葬場完成所有儀式後，便會即場在化寶爐化掉，我記得爸爸的遺照也是這樣處理的；若果親人想把遺照帶回家中安放，據說要用紅紙包好（紅色面向內，白色面向外），放置家中待百日後才可打開，並最好於掛放前換上新的相框。

其實到現在，我一直還沒有為自己安排拍攝遺照，對上一次拍攝證件相已經是大學畢業時找工作的時候了。想著想著，我想到一個折衷的方案，如果我真的來不及拍下遺照，就請使用我社交媒體上最新那一張個人資料照片吧。

何以為家？讀《遊牧人生》，看*Nomadland*

如果我是中學生，我絕對不會到戲院看《浪跡天地》，儘管那是奧斯卡的最佳電影。電影是美國華裔導演趙婷根據潔西卡．布魯德（Jessica Bruder）的原作*Nomadland*（台譯書名為《遊牧人生》）改編而成。

這本書封面上的副題是這樣寫的：「是四海為家，還是無家可歸？」

作者布魯德是一位著名的美國記者，她的報導以勞工問題及次文化為重心。在一次探討亞馬遜勞工待遇的採訪中，她意外的發現了一群「以車為家」的銀髮打工客。布魯德為了更深入和精準的報導車居族的生活，直截了當的買了一輛旅行車，把車子命名為「海倫」，親自當了三年多的車居族。這一群車居族是全球金融海嘯①後新的生活形態，他們大都已經五十到七十多歲，大部分是因為經濟原因失去了原有的居所，旅居在自置的二手、甚至更破舊的旅行車上，按不同季節及僱主的需要，每年穿州過省到不同的工場、國家公園、農莊等地打零工。

「無家」這個概念可能離你很遠，但變老卻是生命中必經的歷程。如果光看電影，你會容易被那些沙漠和平原的壯麗自然景色分散注意力，覺得「以車為家」是一回浪漫的事情。但深入閱讀《遊牧人生》這本書之後，你會訝異這一群車居族之所以能夠在經濟拮据、居無定所、衰老病痛、被警察追趕（居於車內其實是不合法的）、甚至被周遭的人歧視的人生中仍能自得

❶ 意指二〇〇八年，美國第四大投資銀行雷曼兄弟（Lehman Brothers）突然申請破產保護而引發的全球金融危機。

其樂，他們背後是如何熬過外人無法想像的苦？

《遊牧人生》不但揭露了亞馬遜對勞工的剝削、暴露了美國社保制度對老年人保障不足的問題，更讓讀者們思考該如何為老後生活作準備，引出了對「家」這個概念的反思：有說「家是心之所在」，相比於一個實體的居住空間，住在裡面的人的向心力、彼此鼓勵和相愛相親又是否更為重要？

不論你活於哪個地方、哪個國家，生活總會向你拋下一大堆難題。在香港，從早些年在媒體中經常出現「年輕人無能力購買物業」的報導，到近年大家又在思考是否一定要買樓才能有圓滿的人生？無論如何，一切都是在向我們發出一個強烈的信息：「趁我們年輕，好好的思考和準備過一個自己喜歡的老後人生。」

如果我還是那個在中學教書的老師，我一定會推薦我的學生去讀這本書、看這套電影。

《游牧人生》
作者：潔西卡・布魯德
譯者：高子梅
出版社：臉譜

惡夢繼續

原來能活到老是一件幸福美事。

手術後的幾天，最難熬的不是因為要接受全身麻醉而要放置導尿管、也不是手背上的「豆豆」針口、不是傷口的痛楚、不是那頭不能洗的頭髮（我可是個堅持每天早晚洗頭的潔淨小寶寶啊！）、更不是開顱手術後讓我右半邊面腫得像豬頭、雙眼因腫脹而被擠得只留下兩線小縫……

手術之前，有關於我確切的病情，因著種種的未知，一切也是估計。主診的F醫生也提及手術後要把取出的腫塊化驗，待病理報告出來，才知道下一步該怎麼做。有別於普通化驗，病理學檢查是由病理醫生在顯微鏡下對細胞形態和組織結構作微觀描述，與正常組織細胞對比後作出診斷。

手術後的那幾天，每次主診醫生F巡房除了看我的傷口、了解我進食的情況和叫我多下床走動，使血液循環，好讓我盡快消腫外，最後就是說等病理報告出爐，再決定如何後續治療。如是者一天、兩天、三天……病理報告還是沒有出現，剛熬過這趟大手術的我，漸漸又再次陷入一片胡思亂想之中，憂心忡忡。

我有一位從小學三年級就認識的同學，長大後當上了醫生，碰巧她有朋友在我動手術的醫院工作，她不單在我住院時抽空來探望，還替我打聽消息、解答我不少醫學上的疑問，也給了我很多很多的鼓勵（謝謝你啊方醫生！）。從方醫生得知，我的個案較複雜，需要把組織轉送到另一家醫院反覆檢驗，這一下來我也就更慌了，究竟情況怎樣？是很嚴重嗎？還是我自己嚇自己？

一般在手術後兩三天左右就可以得出的病理報告，最後我等了五天，那擔驚受怕、面對未知而恐懼的日子有夠難熬！

腫瘤科醫生來之前的一晚，主診的F醫生早已預告他的到訪，說某某醫生會詳細向我解釋手術後的後續治療。在此之前，我已經從F醫生口中得知根據病理報告的結果，我那個腫瘤是惡性的。匆匆五分鐘的見面，我由一個剛動完大手術、康復中的病人變成一個癌症病患者。

我由完成手術、康復得不錯的陶醉中猛然醒來：原來這場惡夢還要繼續，原來我可能沒有變老的機會了。

後遺

「得你一個人仔嚟咋？」還沒來得及坐下，腫瘤科R醫生就對我說。

難過的事情，一個人承受就好了，難道要把負累分給別人嗎？更何況是沒人可分？我微微點頭，拘謹的微笑剛好被口罩蓋著，讓我不至於太過尷尬。

醫生放下電話聽筒，按了按電腦鍵盤，用滑鼠點了幾下，電腦熒幕中我腦袋的磁力共振影像像微風中的雲朵，也似我的心情，深暗而空洞，慢慢在熒幕裡飄來盪去。

「又會長在這裡。我剛在電話中問清楚你的主診醫生手術的情況，因為腫瘤長的位置貼近腦膜，切的時後周邊的位置取得不夠，切不清；你年輕，雖然我很不想，但也一定要為你安排電療。」R醫生說話堅定，體恤憐憫的語氣讓我覺得他值得信賴。

電療是將輻射射向癌細胞，破壞它們的生長周期，從而令癌細胞不能進行下一次細胞分裂，阻止它們繼續生長；雖然現在的電療技術先進精準，有效減少正常細胞在療程中承受的輻射，但仍然未能完全避免對附近正常細胞的影響。

猶記得在手術室等候區的我從麻醉藥力中醒過來時，麻醉科醫生呼喚著我的名字，說手術完成了，我在迷迷糊糊之間問他手術是否成功，他說手術成功，整個腫瘤都給拿掉。主診的F醫生早在手術前告訴我，在腫瘤切除手術中，他會把腫瘤及周邊部分約一至兩厘米的正常組織一併切除，以防有癌細胞殘留。及後在病房休養的日子裡，在與F醫生的對話間，我逐漸弄明白他已盡力把腫瘤取清，惟我的腫瘤貼近腦膜，更是從軟骨組織長出來，根本不可能有周邊組織可切。**這就是說有剩餘癌細胞的機會很高。**

「你得的其實是骨癌的一種。」自九月求診以來的一個多月後，縱使經過這麼多恐懼，其實我已經不想面對，我最終還是從R醫生的口中確切知道自己患的是甚麼病。就著我的情況，R醫生向我詳細解釋電療的後遺症：六十度的劑量、三十次的療程，這意味著甚麼？

我要接受電療的範圍觸及腦膜及近眼骨的位置，精準的電療技術可讓我保住眼睛不至受損，但會影響淚線，眼會比較乾。至於右耳就保不住了，聽力會減弱，就好像活在水中一樣，中耳超過五成機會積水，內耳會提早退化。一般在電療過後會再次長出來的頭髮也沒有我的份兒，由於我要接受的輻射劑量較高，皮膚直接承受高劑量的輻射，除了耳朵上方的皮膚會變黑之外，那個範圍的頭髮也不會再長出來。而最令我感到憂慮的，是輻射會觸及顳葉（Temporallobe），它是大腦的主要腦葉之一，主宰我們的記憶，也是負責聽力及視覺的感知，以及對語言的理解。醫生說電療會影響我的記性、時間觀念、甚至情緒。

我一邊強裝鎮定，一邊把醫生所說的寫在筆記本上。了解治療費用後，醫生本以為我還要回家考慮，但我記得主診醫生希望我可以盡快接受電療，所以在離開診症室之前，我已經跟醫生約好做電療模型設計的時間。

走近死亡，可怕嗎？
讀《存在的離開：癌症病房裡的一千零一夜》

在我多年的生活經驗中，死亡跟我一直都是陌路人，我跟它沒有交集。

如果勉強要我跟死亡扯上一點關係，它一直就似是以近乎透明的情狀隱約出現在我的記憶中：記得在小學的時候，偶爾會見到有同學在襟前用小別針掛上一小角黑紗，或是頭髮上別上一朵小小的白色冷織花，問媽媽這是甚麼，原來家中有喪禮便要這樣，「家有白事」是請假不用上學的原因之一。

在整個學業旅程中，死亡一直在我的學校缺席，**它是我這一代的教育中**

缺掉的一塊，在這樣的氛圍下，死亡，有如黃、賭、毒，也是需要被掩蓋的禁忌。我對死亡漠不關心，直到八年前爸爸因癌症辭世，才驟然意識到死亡就在咫尺之間，看得見，摸得著，也嗅得到，然而我對它一無所知。

「一抵達小許流血的現場，血早已噴得地上一大灘，還不停從氣切孔洞噴出……他說：『剛剛只是喝了瓶可樂而已，怎麼知道下一秒就血流如注？』」在台灣，一位在台大醫院腫瘤病房工作超過十年的專業護理師林怡芳每天負責照料不同重症病人，她以自身的視覺，把經歷一一寫進《存在的離開：癌症病房裡的一千零一夜》。

讀到這裡，我想起爸爸帶著血的指甲縫。當年爸爸躺在急症室的一個小房間內，呼吸早已停止，後來聽姐姐轉述寧養病房內的姑娘說，爸爸在夜裡吐血不止，被緊急送院。

「說起來不誇張，人可以從清醒一路吐到昏迷，可以從抱著臉盆吐，到躺著繼續吐，口中的鮮血不停冒出，將抽痰管放進去，抽出來的盡是堵住呼吸道那些暗紅色血塊……」

這時候我才恍然大悟：原來腫瘤會出血。醫護人員在跟時間競賽時，除了要止血，還要檢視病歷內有沒有「不急救同意書」（與香港的「預設醫療指示」相類似），以決定是否救到底。

辦完父親的喪禮後，有很長一段時間下意識地我總在閱讀與生死有關的書：有關前世回溯的、有關臨終告別的、有關安樂死的……看了以後我好像知道死亡多一點，或多或少為我帶來一點安慰。

怡芳寫自己的能幹，跟死神搶快，跳上病床為病人做心外壓，比贏了那場耐力賽；**她也寫自己的無奈**，病人的脖子因為腫瘤侵犯破了個大洞，每次打開傷口，果蠅便盤旋四周，久久不肯離去，對於這苟延殘息的生命，她束手無策；**她寫自己的心思細密**，替從前是江湖老大的病人清理好遺體、穿好襯衫後，還不忘打開襯衫最上方的兩個扣子、把紮好的衣服拉出褲子，為他營造出稱身的打扮；**她更寫自己的無能**，昔日愛説話的阿嬤急救後被插管了，命撿回來卻有口難言，她追悔自己當初沒有來得及勸阿嬤簽好「不急救同意書」。

早一陣子我因病動了個大手術，徘徊生死邊緣，困在病塌多個晝夜，真的是一秒都嫌太久。這下我才真正的意會到自己對死亡的困惑、無知與恐懼不曾遠離，不管我願意與否，死亡是伴隨出生而來的一個組合，如影隨形。

> 「阿珠因為腫瘤壓迫呼吸道，被裝上毫無美感的氣切，還不時會噴出不合時宜的痰液……化療造成的落髮，讓她再也無法將頭髮吹成完

美的半屏山，只能任由它散落在臉頰兩側，或是遺落在枕頭床單上；化療藥物造成的聽神經受損，隔絕外界一切聲響，包括親人的愛語和生理監視器的警聲。」

在四十多篇病房手記中，怡芳不止一次的問：留下來，到底為誰而留？

「儘管自願簽署不急救意願書，但癌末病人其實沒有一位是真心求死，實在是活得不成人形，直到再也承受不了。」也許病人和家屬能在病房裡學會放手，也有一些希望堅持到最後，就如她所感悟的：「死亡讓我們看見的永遠不是恐懼，而是讓自己看清，生命中最重要的人事物。」

爸爸火化後的那個晚上，我做了一個夢，夢中的爸爸在病房內收拾好行裝，正好準備出院，我一臉錯愕，他對我說自己已經完全康復可以出院了，手上拿著的，正是九十年代十分流行、在出發前的茶會上旅行社派給團友的那一種旅行袋，這種袋子我在全家人唯一一次出國旅行時見過。

近年樂見不少學校漸漸重視生命教育，從自我認識與欣賞到壓力的處理、哲學層面討論生命的意義和價值、到建立正向人生，認識和探討死亡，接納死亡為每個人生命必經的歷程。不少生死教育的繪本和著作也相繼普及，讓父母和師長得以在孩子更小的時候便與他們探索生死，了解不論花草鳥人，世事萬物總有離去消失的一天。此外，坊間也有不少讓大眾走近死亡的活動，例如變老體驗、瞓棺材體驗、大體老師計劃等，**然而唯有直面死亡，承認死亡所帶給人們之恐懼，我們才更能懂得珍惜當下，活好每一刻。**

也許就如怡芳所知道，死亡讓我們準備的時間應該永遠都不夠，永遠都差那麼一點點。死亡可怕，就讓我們從一個個病房裡的故事靠近它、認識它。

《存在的離開：癌症病房裡的一千零一夜》
作者：林怡芳
繪者：許韞恩
出版社：博思智庫

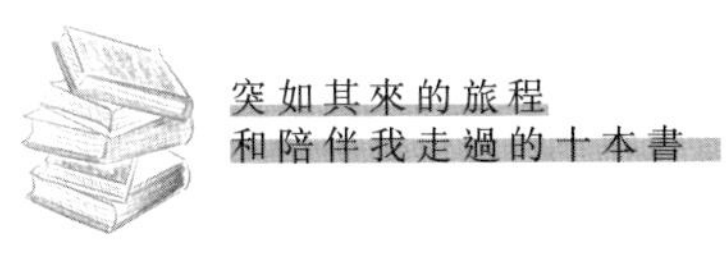

平安夜

二〇二一年十二月二十四日，今天我完成了第十五次的電療，剛好是整個療程的一半，50% DONE！

右邊患處的水腫時好時壞，針扎的刺痛不時來襲，幸好現在外出要戴口罩，我也不至於要讓難看的臉曝露人前。放射治療師說刺痛屬正常；早兩天到腫瘤科醫生復診，他說這是皮下水腫，現在還不算嚴重，有需要才處方類固醇。

個多星期之前開始，我對聲音變得敏感。在食店排隊的時候，有兩位姨姨緊隨我身後，她們喋喋不休。內容我一句也聽不到，只知道她們彼此你一言我一語，就像兩架轟炸機毫無目標地發動機關槍，對著空氣不絕地亂掃。眉頭緊繃的我按捺不住煩躁不安的情緒，急步離開了隊伍，留下友人在隊中替我擋子彈。我走到馬路邊，深深的吸了一口氣，確定自己的靈魂還在。

大概也是在個多星期之前開始，我變得容易疲倦，那一種疲憊總是以突襲的形式出現。剛從治療室出來，明明還是步履輕盈，心還想著要到哪裡吃個豐富的午餐，但下一秒便會感到整個人給掏空了似的，像被疾風吹熄的蠟燭，火滅了，連靈魂也像煙般逐點消散。有時候伴隨疲倦而來的是陣陣的頭痛和強烈的暈眩，昏昏浮浮的腦袋讓我覺得自己像一個身體衰敗的老人。走在街上，試過要立即躲進銀行的理財中心，倚在牆邊休息；也試過緊緊握著停車場的雪糕筒借力勉強站穩，靜待我的世界停止天旋地轉。

難以集中是這種疲倦突襲帶給我的重大考驗，遇上我要外出開會或是到電台做節目的時候，我總是先會告訴同行的同事或拍檔，我的精神狀態不太好，如果出了甚麼岔子，請要替我補位執漏。

對很多人來說，煩躁不安不是病，只是脾氣不好；疲倦更是每個人也會的啊，難道你的疲倦特別倦過人？

的確，很多事情都難以用三言兩語說個明白：兩個月前我剛在醫院接受開顱手術，從右邊頭顱切除一個 4.5 厘米乘 3.30 厘米乘 4.66 厘米的腫瘤，病理報告說這是一個惡性腫瘤，是一種叫軟骨肉瘤（Chondrosarcoma）的骨癌，一般常見於骨盆、肋骨與肩胛骨，成因不明。而我的軟骨肉瘤長在顱底，屬罕見的情況，約佔顱內腫瘤的 0.15%，雖然它較少發生轉移，但原位復發機率高。這個腫瘤因為緊緊的貼附在腦膜組織上，所以未能完全被切清；除了要承受未知的恐懼、巨大的壓力和癌症復發的擔憂之外，我還得接受三十次的放射治療。醫院的單張是這樣寫的：放射治療，又稱電療，是利用直線加速器發出高能量輻射治療疾病的一種方法；放射線可以有效地破壞癌細胞中的染色體（DNA），使癌細胞死亡。雖然正常細胞的染色體同時也會受到影響，但是它有自我修復的能力，而癌細胞卻是沒有這種修復能力。**即是說這是一趟不論甚麼細胞也會遭殃的治療**，頭部放射治療帶來的副作用有：一、疲倦、有睡意；二、皮膚反應：頭部皮膚會乾燥及變紅；三、照射部位的毛髮脫落；四、頭痛；五、嘔心、食慾不振……以上只是一般的副作用，**我的腫瘤科醫生告訴我副作用比上面的恐怖好幾倍**。

在很多人的眼中，除了掉頭髮和皮膚反應外，那些所謂的副作用在任何一個人的日常生活中都有可能遇到，就連我自己也覺得不應該時常「提醒」自己我是一個正在接受治療的病人，生怕犯了誇大其詞的指控。

小睡片刻通常可以讓我作短暫的充電，但續航力也不過半小時左右，然後在餘下的半天，我的體力水平會維持在紅色警示的狀態，一直到晚上。

這只是電療過了一半的境況，腫瘤科醫生告訴我，以我的情況來說，更明顯的副作用將會在第四個星期的療程左右出現。

我希望我還可以強裝下去，欺騙人順道欺騙自己，假裝正常過生活。

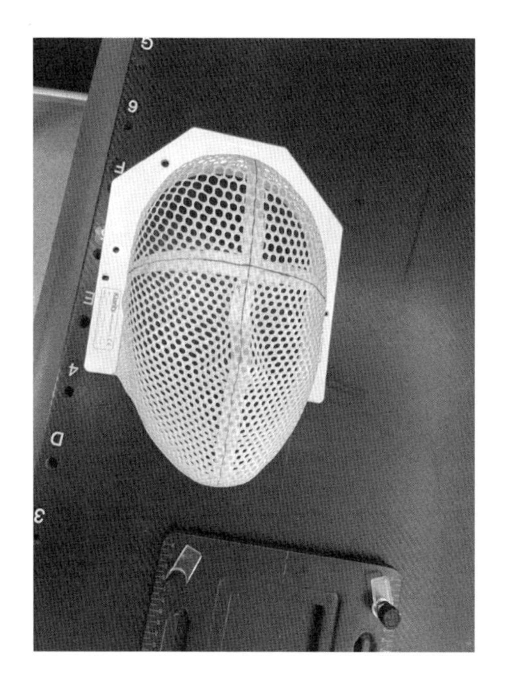

| 小書在電療中使用的頭模

從《死亡別狂傲》到《蘇恩佩文集》（第一及第二冊）

同一地方，兩個相去甚遠的時代，二〇二三年的我是怎樣碰上一九八二年已經辭別人世的她？

記得早陣子在舊書店中尋回在搬家時失掉的《死亡別狂傲》，買到的是一九九〇年十一月十二版；翻查紀錄，一九八一年的時候，這本書的初版共印了十八刷；在一度斷版的情況下，幸好此書終在二〇〇八年再版。如果說《死亡別狂傲》是一封對死亡發出的戰書，那《蘇恩佩文集》（第一及第二冊）[1]就是兩本厚重的、對我城寫下的情書；其實《文集》中也有收錄《死》一書的各篇文章，這又是我在後來才發現的。

與前輩朋友談及蘇恩佩，朋友斬釘截鐵的說現今這一代肯定沒幾個人知道她的事蹟。的確，**無神論的我**若不是早些年畢業論文選了寫「香港學校輔導歷史」這個題目，便不會在圖書館攪動那一排排沉甸甸的軌道式檔案櫃的把手，從一個個檔案匣中翻閱早已被釘裝存檔的《突破》雜誌，更不會在泛黃塵封的脆弱紙片中讀到她的名字。

一九九九年《突破》雜誌休刊，在我成長的中學年代，它以青少年雜誌《U+》的姿態走進我的校園生活，記得我最喜歡到大眾書局買那些「屎撈人」和「火柴人」印上窩心字句的小卡片，或送人、或自己收藏，**很久以後我才知道《突破》是一個有基督教背景的組織**。

❶《蘇恩佩文集（第一冊）散文．書信》及《蘇恩佩文集（第二冊）：戲劇．小說》於一九八七年出版，從網上資料顯示，書籍在一九九一年曾經再版後至今沒有再版，有興趣的讀者可在二手書市找到或香港公共圖書館借閱。

有時候命運會促使你在時代中留下痕跡，要讓你的故事衝破年月界限，跨越世代撼動人心，成為後來者的楷模；我想蘇恩佩的故事正正是這樣的一個模範。

故事是這樣的：從前，有一個生於一九三七年的香港女生，中學畢業後放棄入讀香港大學，到羅富國師範學院修讀教育[2]，畢業後當上教師；及後她踏上探求生命和宗教的旅程，到美國修讀英美文學和神學、到台灣做校園福音工作，創辦《校園》雜誌、到新加坡創辦《前哨》雜誌、最終再次停靠在香港，於一九七四年一月創辦《突破》雜誌，她成了一個擔當寫稿、改稿、校對、設計、貼稿、宣傳、公關、印刷的責任的總編輯。

❷ 一九三九年起，隨著香港政府及社會大眾對師資教育的關注及需求不斷增加，羅富國師範學院（羅師）、葛量洪師範學院（葛師）、柏立基師範學院（柏師）、香港工商師範學院（工商院）和語文教育學院（語教院）等相繼成立，開辦正規的師資培訓課程，為香港教育提供具備資歷的教師。但基於行政架構所限，縱然各學院間有所合作，仍未能善用師範教育資源，而教職員亦難以在學術界上有所建樹。一九九四年，五間師訓學院正式合併成香港教育學院，即現今香港教育大學的前身。

在台灣經歷身體的「大崩壞」時，她以為是壓力、是水土不服、是精神透支，但醫師為她掀開的竟然是一個家人友儕守了多年的祕密。「專家問了我簡單的問題之後，冷靜地開門見山說：『妳知道妳是一個癌症病人嗎？』」恩佩勉力支撐著好轉不了的身體，於一九七〇年底從台灣返抵香港治病，這牽動她一串串的記憶拼圖：原來小時候做切片檢查、甲狀腺及副甲狀腺切除手術以及放射治療，為的不只是治好一個嚴重的疾病，而是比嚴重更可怕、容易讓人陷入絕望旋窩中的不治之症——甲狀腺癌。

那是1970年秋，我給診斷是癌症復發，而且蔓延到肺部。

故事發展到這個情節，大概有人會想恩佩是不只想把自己患病和治療的經歷一一化成一場又一場的佈道會，頌讚著神的恩典與力量？的確，這

是我們熟悉的傳教套路，**然而就像在醫院的日子中，恩佩總看到別人的苦先於自己的難**。

在恩佩眼中，在她身處的那個七十年代的香港，有著比自己健康更迫切、更憂心的社會問題要她去關顧。

> 今日在香港沒有任何一個人在任何一個地方是安全的。
> 而令我們驚心怵目的是大多數罪犯的年齡都在二十一歲以下，這是我們自己的年輕人！

恩佩的視野超越宗教信仰的層次，就像她創立的突破運動一樣，不只顧以傳教為目標，她狂熱地愛著自己的城市，在物慾橫流、黑社會當道、年輕人犯罪司空見慣、色情媒介欠缺規管的年代，在那個普及教育尚未展開的年頭，眼見年輕一代道德墮落，暴力給濫用、人命低賤、人性的歪曲已到頂點的時候，她敢於垢病當時的教會只繼續著每週的例常聚會，漠視現實，不問世情。

在《蘇恩佩文集》中〈我能為這個城市做甚麼？〉、〈城中的死亡〉、〈他們也有靈魂〉、〈我們的城市〉等篇章深刻的記下了她對這個城市的愛、寫下了她對這個城市的憂、繪下了她要在這個城市落實的理想藍圖。

當死亡的聲勢過於喧囂，其實恩佩也曾恐懼過，她畏懼一切與癌有關的聯想：那通往死亡之路、死亡之前的痛苦、治療期間的折磨、給家人的焦慮及拖累；**但就在社會憂患與自身苦困的試煉中，她看穿死亡的弱點**：「在經歷了大半生的疾病、痛苦之後，我清楚知道，能致我於死地的不是死亡，而是失去對生命的信心、失去對生命的渴求。」恩佩就這樣堅定了自己守護城中年輕生命的決心，專心致志投入《突破》，對死亡的狂號充耳不聞。

可是我們該怪誰呢？我們固然可以怪殖民地政府對人民沒有真正的關心，然而這個城市的問題也不是那麼簡單就可下結論的。受過害的居民固然可以痛罵匪徒喪盡天良，可是難道一般市民就沒有責任嗎？從沒有愛的破碎的家庭出來，少年人不是很容易就走上吸毒、濫交的路嗎？假如作老師的拿著原子粒收音機在課室裡聽股票行情，作母親的丟下孩子一天到晚往「金魚缸」（證券交易所）跑，下一代的會有怎麼樣的價值觀念呢？在這個城市裡，物質的價值就是一切，因此這種物質化的人生觀所產生的後果不過是「自食其果」而已。

由蘇恩佩牽頭，與蔡元雲醫生等幾位基督徒於七十年代初創立的「突破運動」，鮮明地表達基督徒應對社會有所承擔的立場，及後出版的《突破》

雜誌特別以不帶任何宗教色彩的文字模式發行，以兼顧非基督徒讀者群。《突破》廣受青少年歡迎，不但於商業電台開設節目及成立「突破輔導中心」開展青少年輔導服務，其後雜誌更由雙月刊轉為月刊，由此可見《突破》的成功。儘管受到保守派的教會人士攻擊，恩佩一直堅守帶領《突破》的責任，直至七十年代末才無奈因健康惡化而轉任顧問一職。但恩佩未有停步，及至她生命將盡時，她仍出任突破出版的營業經理，直至一九八二年四月十一日因心臟衰竭於瑪麗醫院逝世。隨後恩佩的追思會於港、台、美三地進行，單是香港就計有二千五百人出席。

儘管癌症的纏擾不曾遠離，但恩佩那顆熾熱的心卻一直照亮她與伙伴們為我城新一代鋪下的突破之路。她的故事從來不只是她的故事，也不只是宗教信仰中的故事，卻是七、八十年代香港人的故事，更是多年之後、對身處現今社會困境中的我們的重要啟示。

《死亡，別狂傲》
作者：蘇恩佩
出版社：突破出版社

《蘇恩佩文集（第一冊）散文．書信》
《蘇恩佩文集（第二冊）：戲劇．小說》
作者：蘇恩佩
出版社：突破出版社

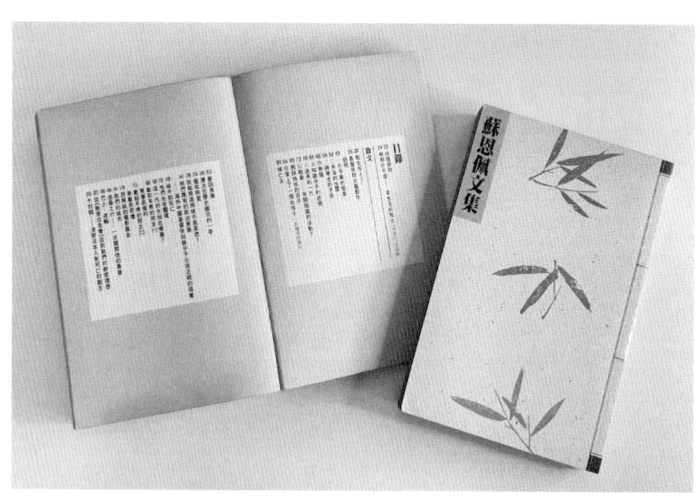

幾個醫生、幾個檢查

拿著那份CT SCAN[1]報告，想起門診醫生眉頭緊皺的表情和嚴肅且擔憂的語氣，本以為小事一樁的我頓時六神無主。本來在門診做這個CT SCAN的時候，醫生約好幾天後星期六回去看報告，但事情實在比大家想像中嚴重。我在診症室門外等了一會，醫生便再叫我進去，告訴我情況不秒，長在右邊太陽穴那大約四厘米的腫塊已經完全把這部分的頭骨吃掉。我心想：怎會呢？明明這個部分還是結結實實的，骨頭怎麼會不見了？而且我

❶ Computed Tomography Scan是一種醫學成像測試，利用一系列X光對特定的身體部位掃描，然後將從X光獲得的數據用計算機進行處理以創建橫截面圖片（切片）的成像。與X光影像檢查相比，CT掃描可提供更好的解剖結構細節。

還是生龍活虎的，除了公司和書店日常沉重惱人的工作和每星期的電台節目外，我也接了幾個好玩和有意義的項目，事業正在拉著我向前衝的時候，我真的生病了麼？

由於我去看病的時候除了右面太陽穴明顯的腫了起來之外和牙骹在半年多之前開始在我吃東西時會發出咯咯的聲響，好像脫骹外，並沒有其他身體不適，行得走得，連頭痛、頭暈也沒有。而我也沒有撞到頭部，也沒有受過任何重擊，一時三刻連醫生也未能斷症。

從醫院出來，把消息告訴大家姐後，我便竭力壓抑著擔憂的心情，因為那天正是中秋，晚上要回家做節。

及後事情發展得挺急，我接下來要做的每一個決定都極為重要。

按照門診醫生的建議，我在一個星期後進行了PET CT②檢查。醫生說這個檢查可以查找出右邊頭顱內的腫塊究竟是原發的，還是由身體其他地方轉移過去。

因為病灶在頭顱內，不知道有否影響腦部，在此期間我也向當醫生的舊同學「求救」，她給我介紹了一位**腦神經外科專科醫生P**。要去看專科醫生，說實在是第一次，心情難免緊張。好不容易才預約到看診日期，專科醫生P看看早前所照的CT SCAN影像，不知道他是否想安慰我，說看到腫塊中有鈣化物、被侵蝕的骨頭周邊部分比較順滑，不似是惡性的侵蝕，但仍

② 正子電腦斷層掃瞄結合PET和CT的特點。用PET以色譜顯示癌細胞聚集處，並重疊CT所顯示的解剖影像，清楚告訴醫師癌細胞的位置，PET/CT可精確的將癌細胞活動狀況及位置融合在一張影像資料中。PET/CT主要應用在腫瘤醫學上，它的優點是能幫助患者早期發現腫瘤病灶，鑒別腫瘤的良性或惡性，準確程度高達90%以上，尋找灶病處及癌細胞擴散程度，評估腫瘤療效，鑒別腫瘤復發率和死亡率及放療生物標靶定位等。但也有著PET/CT檢查並不是真正的同時接收正子與CT的影像資訊，會有影像和解析度的誤差，以及輻射量超高的問題。

要做進一步的檢查以確定。他建議做 MRI，即是磁力共振③，準確了解腫塊的性質。

報告先後出爐：

PET CT 檢查帶來的**好消息**是我身上其他地方找不到異常，也就是說腫塊是原發的，並非由其他器官的癌細胞擴散轉移過去。但另一方面，報告指出這是一“Aggressive”的病灶，又指出可能是漿細胞瘤（plasmacytoma）或淋巴瘤（lymphoma）。MRI 檢查到腫塊的大小為 4.56 X 3.30 X 4.66cm，它已經把我右邊的顳骨（Temporalbone）吞噬，腫塊把顳葉（Temporallobe）壓住，造成凹陷，也影響到顳肌。

❸ 核磁共振（MRI）的原理是利用磁場改變氫原子的旋轉排列方向後，原子核會釋放能量，並釋放出電磁波訊號，再用電腦分析訊號重組出影像。核磁共振通常應用於：白質病變的腦部造影、椎間盤突出的脊椎造影、軟組織損傷的關節造影、動脈瘤或動靜脈畸形的血管造影。它的優點在於可偵測任何生理解剖結構異常的問題，例如：診斷心臟、腦部及惡性腫瘤的功能異常。還可診斷良性腫瘤、發炎、退化、結石等問題，對實體器官癌症的分期、轉移病灶的偵測、治療追蹤有幫助。

看完MRI報告後，專科醫生P現階段得出兩個可能的結論，一是良性骨瘤、二是淋巴癌；如果是前者，動手術切除即可，如果是後者呢，就要化療。

他建議入院做一個抽針，即是用一支粗針穿刺到腫塊的位置抽取活組織檢查，確定是甚麼之後再決定下一步的應對方案。事情至此，好像比較明朗一些。

然而同日晚上七時多，專科醫生P卻帶著疲憊和愧疚的聲音致電給我，說醫院沒有醫生敢做抽針檢查，怕針刺進了組織如果出血。由於針口太小，做不了止血的操作，到時會流血不止。**我心裡一沉，剩下來的選擇就只有一個——入院動手術把腫塊切除。**

開刀是擺在我眼前的唯一選擇，電話中的我固作冷靜，請P醫生盡快安排這一趟手術，其實話筒背後的我心一直在發抖，如鯁在喉，淚水凝在眼角，卻因被嚇呆了，欲哭無淚。

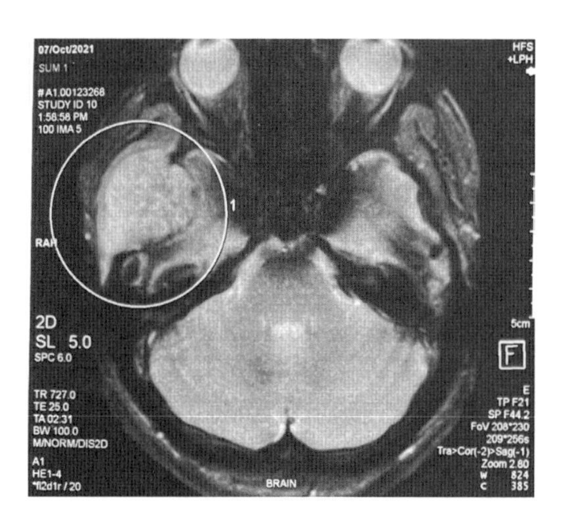

| 發現腫瘤！

不消一天，手機就傳來入院安排的信息，手術安排在**下週六進行，早一天入院準備。**

等等

就在我打算放棄之際，電話終於被接通，手機上的紀錄顯示，那已經是我第十六次的嘗試。

忐忑不安的心情還在纏擾，心裡滿是問號，我怎麼可以這麼倉卒便決定做一個大手術？我再次向醫生同學求助，她向我介紹另一位比較資深的腦外科專科醫生。在網上搜尋，的確看到很多病人對他的正面評價，加上同學也建議我多聽取一個醫生的分析，於是那天一早起來，我便拿起話筒預約時間。

「下星期三下午五時，準時到診所，如果之前有做過檢查的話，把報告都帶來，我們只收現金。」

做手術的決定是那天傍晚透過電話下的，心裡不踏實的感覺總是揮之不去。整個手術如何做？過程中有甚麼風險？缺了的骨頭會補上嗎？畢竟這是臉的一部分，總不能就這樣讓太陽穴凹陷下去吧！如果要整形，手術費我可會負擔得起？千百萬個疑團，一通電話我就下了做手術的決定，是否太過兒戲？

到了當天早上我想退縮，心裡一團亂，坐立不安，多看一個醫生是否多此一舉？最後我成功説服自己，下午四時多到達F醫生的診所。一出電梯，F醫生診所的門外擠滿了人，推門進去，裡面已是滿座；登記完成後我站在一角，逃走的念頭再次萌生。一個小時過去，我終於成功找到座位，記得那時候我帶上的是麥可·芬克爾的《森林裡的陌生人》，研究「孤獨」這個課題已經有一年多，讀完這半本餘下的書已近晚上七時，整個診所只剩下我和另外兩位病人。自從知道病情以來，除了醫生同學和一位好朋友外，我一直只告訴大家姐最新情況，因為多一個人知，煩惱便會幾何級地增加；半個小時後，候診室裡只剩下我一個，未幾，大家姐下班後趕到陪我。

F醫生年約六十多歲，要看他的病人真的很多，有新症，也有復診的。我當晚見到他的時後已經是晚上八時，他已經累得雙眼佈滿紅根。

「幸好腫瘤的位置不在腦裡面，它在腦膜外，貼著腦膜而生，有可能是腦膜瘤，腦膜瘤大多是良性的，比較容易處理，但因為腫瘤的位置近頸部的大動脈，所以做手術的時候要小心監察著……」雖然未能完全確定腫瘤的性質，但F醫生仍然專業、從容和肯定地向我們詳盡講解手術的程序和修補頭骨的方案。

「早前我看過另一位專科醫生，他說手術時未必會整個腫瘤移除，會先把一部分取出做化驗，看看是良性還是惡性，因為腫瘤近我的牙骹，如果它是惡性的就未必整個腫瘤取出，避免損害我牙骹，餘下的腫瘤可能要用化療處理。」我憶述上星期P醫生的說話。

F醫生皺一皺眉頭，接著說：「無論情況如何，我們都會把腫瘤完全取出，開刀見到腫瘤後便可知道它是良性還是惡定；不會做手術中化驗，會完成手術後才化驗，有結果後再看後續治療。」

「手術可以安排在甚麼時候進行？」我問。

「最快可星期五入院，星期六做手術。」F醫生說。

「後天？」我很累，懷疑自己聽錯。

「對，情況比較急，一會兒姑娘會跟你安排。」F醫生說。

「明白，謝謝醫生。」我堅定地說。

同樣是開顱手術，同樣是那個星期六下午進行，執刀的人卻由P醫生換成F醫生，這次我對自己的選擇非常肯定。

| 正在閱讀《森林裡的陌生人》

看透了，真有用
——讀《無用的日子》

一本書，把你引進作者的世界，讓你透徹的經驗一個你可能有生之年都不能經歷的人生；如果除此之外，那本書又為你打開更多你連見也沒見過的門，你說這種超乎想像、來自文字的力量，怎會不令人折服？

《無用的日子》呈現的是一個暢快豁然又幽默抵死的生活，但讓人意外的是作者是一位健忘、罹癌，被告知只剩下兩年壽命、離婚兩次的獨居老人，究竟佐野洋子[1]是怎樣做到？

從陰雨連綿的週二到陽光絢爛的週五，陪著我的就只有《無用的日子》；而我之所以知道這本書，是因為稍早前讀了林怡芳的《存在的離開：癌症病房裡的一千零一夜》，**我也是個罹癌的人，免不了會格外關心、份外敏感。**

六十六歲那年，洋子得了乳癌，最讓她困擾的不是我們一般人所以為的。在她眼中到了只有洗澡才會脫衣服的年紀，乳房給切掉壓根兒沒所謂，手術後隔天便獨自從醫院走了七十六步回家；可是醫生在切掉她的乳房

---

❶ 佐野洋子（Yoko Sano），一九三八年出生於北京，住在傳統的四合院，過著相當優渥的生活。父親從東京帝國大學畢業後到中國大陸，任職於滿鐵調查部，從事中國農村的調查，是文化人類學研究的先驅者。洋子對這段牧歌式的生活一直沒有忘懷，對父親的仰慕之情也終生未減。二次大戰，日本戰敗，九歲時被遣返日本，生活窮困，半工半讀完成日本武藏野美術大學設計系的學業，並曾留學德國柏林造形大學學習石版畫。早年窮困的生活背景，養成了無法不工作過日子的習慣，一生勤筆不輟，創作作品頗豐，除了圖畫書創作外，還活躍於散文、童話、評論、翻譯等各個領域。圖畫書和散文在日本獲得大大小小的獎項，並於二〇〇三年因對藝術文化有特殊貢獻，榮獲日本內閣府頒授紫綬褒章；二〇〇八年獲頒巖谷小波文藝獎，以表揚她長年作為圖畫書作家的創作活動。

後，把多餘的肉縫到腋下，手臂和那坨肉經常相互摩擦，讓她疼痛不已，倒是醫生這種不體貼的草率把她氣得又蹦又跳。

然而如果你以為全書所要說的，是洋子自怨自艾，如何覺得自己又老又病又沒用，可以讓你圍爐取暖獲得安慰的話，那麼要讓你失望了。**「得知自己還有兩年可活之後，折磨了我十幾年的憂鬱症也幾乎好了，真是太神奇了。人生突然充實起來，每天都快樂的不得了，我覺得，知道自己死期的同時，也獲得了自由。」**

雖然她說自己「在當今的時代已經沒有任何作用」但因為「一時還死不了」，所以生活必須如常進行。深入的讀下去，你不難發現洋子的生活繼續多姿多彩：追韓劇，為了看清字幕買一台四十吋大電視；做料理，講究得央求老闆留一副雞骨給它熬湯，幾天後才有也堅持要等；遇到沒有好臉色、對她發難的文具店老闆（這也難怪，她讓老闆收錢找錢三次，還要講價。）

卻反常的喜歡了他；因為編輯說了一句不中聽的話就把約稿的差事毀掉；她送朋友自己手作的眼鏡袋，為他們做飯……。

春去秋來，在洋子人生中的最後幾個寒暑與母親去世之間，洋子不時到養老院探望失智的媽媽：「母親一天比一天更不像人了。她在失智後變漂亮了……她的氣質也變高雅了。」洋子與媽媽從小到大千絲萬縷的怨恨情仇，又是另一段讓人揪心的往事。

經歷二戰的洋子，由出身地北京返抵日本，由富足到貧苦，兒時捱苦抵餓，經歷哥哥與弟弟的離逝、母親對作為長女的她的疏離與虐待，看見虛偽的母親為顧面子而謊話連連，**難怪洋子說：我七歲時，就已經是大嬸了。**心理創傷把洋子磨鍊成不愛留淚的女生，使她從小到老都堅韌地活著。

原來可以用腳拉開窗簾，會讓人自覺好厲害；原來聽到別人說女人是生孩子的機器，不必歇斯底里地抓狂，男人也不過是隻種馬，連機器也不如，要好好加油；**原來在最悲慘的事中，必有滑稽之處。**

人本來就是充滿缺憾的存在；生活本來就是矛盾的角力場，傾盡全力掩飾，要騙的、可以騙到的，會是誰？

洋子會為自己幾乎過著躺平的生活、是一個懶鬼、是一個惹人討厭、暴跳如雷的老太婆而感到極度憂慮和愧疚；卻又幾乎一整年躺著看韓劇，沉溺在裴帥（裴勇俊）的懷抱中，自覺過著這種糜爛的生活也沒有關係。

這種對生命全然接受的心，成了克服抗癌劑造成的不適的良藥，也成就了她老後生活的豁然。

有多少人能在現實生活中飾演自己？其他的不知道，但佐野洋子肯定做到了。可將變老，實在好幸福。

寫著寫著，我已經開始在起勁的讀她的《靜子》。

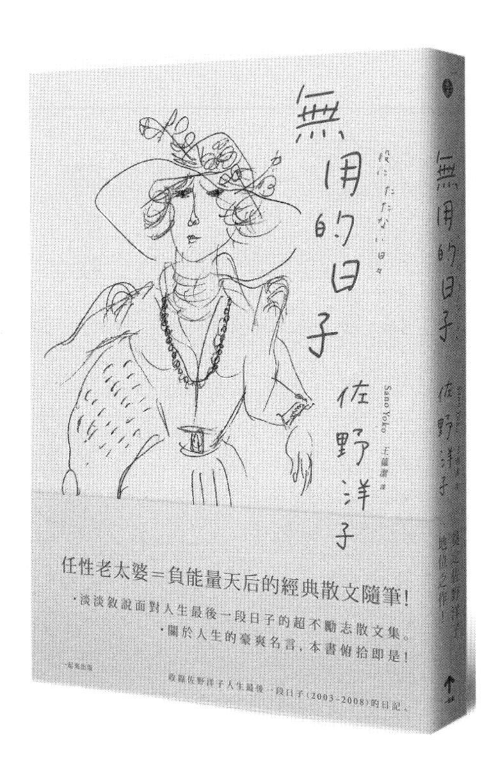

《無用的日子》
作者：佐野洋子
譯者：王蘊潔
出版社：一起來

腫腫腫

二〇二一年十月三十一日萬聖節，留院十天的我今天可以重獲自由，出院之前先要由主診醫生為二十厘米長的傷口拆線，早幾天之前就一直擔心，怕痛！但不拆線又不可以出院，心情十分矛盾。終於等到早上九時，F醫生準時出現，他先是小心翼翼把覆蓋傷口的條狀紗布拆下，在傷口塗上大量消毒藥水，再細心檢視傷口是否完全閉合。早在拆線前的幾天，我已在網上搜尋「傷口拆線痛不痛」，現在回想起來，真的想笑自己太傻瓜。一切準備就緒後，F醫生便開始用手術剪刀逐一剪開金屬線，我只聽到「唰唰」的聲音，卻一點痛楚都沒有；不消五分鐘F醫生便把線拆掉，傷口癒合得很好，疤痕當然清晰可見，但沒有發炎，實在感恩。

其實住院期間，除了手術後兩天因為還得插著導尿管、頭上的傷口仍然很痛和人仍是比較虛弱，只好躺在床上之外，我就是在那個四人病房中最活躍的一個。雖然動的是大手術，但我比起這十天的「鄰居」真的已經幸運很多，也許我該打岔說一下我的「鄰居」們。

我旁邊的是「換人」最頻繁的床位，十天內換了三位，第一位是有家族遺傳高膽固醇血症的年輕女士，有一些緊急的情況需要入院，從醫生與夫婦二人的對話中大概猜到女士希望懷孕，但這又牽涉到要停藥，但停藥又會影響自己的身體，女士問嚴控飲食有用嗎？醫生回話說自己只吃菜不吃肉多年，情況一樣，女士聞言大感懊惱。唯醫生巡房時間有限，那一晚的對話到此為止，女士翌日便出院。第二位是一位五十餘歲的媽媽，子宮有一個良性腫瘤要動手術切除，入院當天下午便動手術。出來後因麻醉藥引致的副作用比較嚴重，又暈又吐，肚子餓卻不能進食，幸得女兒常常陪伴照顧，休息兩天後便可出院回家。至於第三位呢，是一個說話急速、飽歷滄桑而且有點古怪的女士，住院的三天內，只有應該是她媽媽的女士來探望她，給她帶來了食物卻又被她嫌棄；還有她電話中那個總是很忙、推搪說擠不出時間來探望的男朋友，每次她掛斷電話後，就會致電朋友、同事或是問媽媽來不來、甚麼時候來等，彷彿一分鐘的時間也不能安靜下來。可想而知她有多寂寞、多渴望被愛，連隔著厚厚的粉紅色圍簾的我也深深感受到她的失落。因為腳上長出不明肉瘤的她三天後終於出院，男朋友由始至終沒有出現。

在我對岸的病人說話不多，全因她是一位多次因肺部問題入院的中年女士，她比我早一天出院，我最深刻的是聽到她氣若游絲地咳嗽和吹動呼吸訓練器時球子碰撞的聲音。在我斜對面的是一位沒有說過任何話老婦，數天後被家人接走，換來了一位肚子要動不知是甚麼手術的老師。

病房內的「鄰居」動手術的位置都在軀幹或肢體，不便下床走動；但由於我的傷口在頭上，除了插著導尿管的兩天，其餘的日子我都聽從F醫生的說話，多下床走動，有助血液流動，消去臉上的腫。說到臉上的腫，那真是非一般的腫，那是我這一生也會記住的腫（我為那時候的自己拍下了很多照片）。記得周星馳的電影《唐伯虎點秋香》嗎？記得秋香被踢後被打成豬頭得樣子嗎？戲中演出這一幕的是一位經過特別化妝的胖演員，那時候我的臉跟她沒有兩樣。

我接受的是開顱手術，傷口由前額髮線中間偏右的位置開始，繞過半邊頭顱，一直伸延到右邊面頰貼近耳朵的中間位置。記得F醫生在診所時簡述手術過程是這樣的：先沿上述軌跡剃掉兩厘米寬的頭髮，再把我的頭髮浸滿消毒藥水，用保鮮膜包裹頭髮，然後把頭皮捲下去，鑽開上方的頭骨，讓醫生們得以把腫瘤切除。由於我部分的頭骨早已被腫瘤吃掉，因此F

醫生還得在鄰近位置割出一塊頭骨，他解釋說因為頭骨很厚，可以有一個方法用小鎚子「卡」的一聲便把頭骨分成兩層，用鈦金屬條子把頭骨補上，最後便可放回捲曲的頭皮，縫合傷口。

還記得完成手術當晚為安全起見，我要在深切治療部留醫。雖然那時候的我全身不能自由轉動，傷口既繃緊又痛、耳朵內因為充滿了乾涸的消毒藥水而又痛又癢，但儲回一點力氣後便請大家姐替我拍一張照片向家人報個平安，照片中見到自己的面容一切正常，只是有點泛黃，殊不知原來隨後數天才是腫脹的開始。

隨後兩天，我的臉開始腫起來，先是整張右臉，浮腫一直延到下巴，瘀血開始在右眼簾積聚。這時候右眼已經腫得像隻雞蛋，完全打不開，護士在病床前的顯示屏把我標記為「慎防跌倒」的病人類別。接下來的三天，腫脹的情況幾乎每小時都在變化，漸漸從右臉擴散到左臉。右眼已經開出一條小縫，但左眼卻同時腫起來，隨後兩邊臉同時腫起來，起碼是平行一點。眼皮雖然是腫腫的，但至少都開到零點五厘米，我不用再單眼看東西，走起路、看起書來輕鬆得多。

雖說我是病房中最是活躍的一個，但從以上的情況大概可知，我的活動也不過是由床邊慢步到走廊的蒸餾水機、從病房穿過走道蕩到醫院的新翼、行到走廊末端的沙發坐下來看書（病房中的冷氣冷得我穿上冷外套和戴上帽子也抵不住）、到浴室洗澡……最厲害的一次是不顧任何形象，頂著六、七天沒洗的頭髮、一條在頭上二十厘米長的條狀紗布、一塊又腫又灰黃的臉跟來探病的朋友到樓下的咖啡店喝咖啡！

雖然沒有人替我施展「還完靚靚拳」，但幾天下來，我臉上的腫已褪掉八成，黑色的瘀斑已轉為淡黃。出院當天，戴上大家姐為我預備的漁夫帽，坐上友人的車，就這樣揮別睡了十天的病床，預備迎接接下來的治療。

一場以欺瞞作為手段的臨終照顧，一場極為安詳的死亡

事先預料，並不等於知曉。有說人一出生便是向死而生，那麼被騙瞞的、被強行延緩的死亡、那些缺乏知情權的臨終日子又可算是甚麼？

我記得婆婆是在自己家中的洗手間內中風，當時舅父見婆婆在洗手間裡久久沒有動靜，破門把暈倒的她拯救出來，急急送醫院。跌倒對於一般人來說算不上是甚麼，擦傷撞瘀，塗一抹膏藥幾天便好；但對於老人來說，跌一跤可能是嚴重病患的誘發點，更嚴重的可能是隨時賠上性命。

她對妹妹說過一個經常夢見的夢魘：「有人在我身後追趕，我拼命跑，碰上一堵牆，我非得跳過這堵牆不可，但我不知道牆後有甚麼，我好怕，」她還對她說：「死亡本身並不可怕，可怕的是要跳過去。」獨居的媽媽佛蘭索瓦在浴室摔倒，可幸她仍然清醒，爬了兩個小時終於抓住那求生的話筒，這一下也把西蒙．波娃[1]從羅馬召回了巴黎，走上一趟她從沒有預期的旅程，那是一九六三年十月。

由被診斷為普通骨折到驗出罹患末期腸癌，波娃兩姊妹徘徊在無盡的情感和道德掙扎之中，最後西蒙．波娃把這短短六個星期的經歷寫成回憶錄——《一場極為安詳的死亡》。作為二十世紀著名的法國作家、最著名的女性知識分子之一，西蒙．波娃畢生致力鼓勵每個人擺脫社會成見的枷鎖，

[1] 一九〇八年，西蒙．波娃（Simone de Beauvoir）出生於法國一個中產家庭，父親是律師，母親是銀行家的女兒，波娃有一個比她小兩歲的妹妹海倫．波娃。第一次世界大戰後，外祖父的銀行破產，母親家道中落、名譽掃地，波娃舉家由大宅搬到連電梯都沒有的公寓。儘管波娃父母的關係日漸惡化，他們都認為只有學習才能讓女兒擺脫生活的窘境。波娃的父親喜好文藝，一直夢想自己可以有一個兒子，因此他經常對波娃說：「你有一個男人的腦子。」，也會說「西蒙像男人一樣思考！」的話；這反過來讓西蒙．波娃對自己作為女性的身份更為注視。

例如宗教、家庭、婚姻的束縛，成為自己想成為的自己，其中她最著名的作品《第二性》（*Le Deuxieme Sexe*）更被譽為「女性主義的聖經」。

在那個社會極度傾向男性主導的年代，波娃的主張為她引來極大的批評，但意志堅定的她從沒半點退縮，**反倒是母親這場倉猝的死亡悲劇，讓波娃陷入隱瞞與欺騙的內疚與傷害中，難以悉懷。**

當死亡臨到波娃七十八歲的母親時，她本以為自己可以平靜理性地面對。**「媽媽臥病在床這段期間，我們不曾離開過她的身邊，但她以為這段臨終歲月是她的康復期，於是她和我們徹徹底底分離了。」**與母親糾結複雜的情感牽絆使得她與妹妹在為母親做每一個治療決定時舉步維艱②：二人不斷撫心自問，既然是末期，為何仍要讓她受盡折磨？但另一方面，至親得到搶救醫治而多活幾天，又似乎把她們從對母親的愧疚中拯救出來。

❷ 西蒙．波娃與母親的關係疏遠，這源於母親婚姻不如意，轉而在波娃姊妹倆小時候，透過嚴格控制她們的生活、甚至離間姊妹的感情，從而彰顯自己的權力，卻漸漸激起了波娃與母親的衝突。

沙特[3]曾對波娃說：「你是敗給了專業技術——而這是不可避免的。」的確，就在醫生霸道的專業和權威的脅迫下，波娃姊妹一次又一次的低頭妥協，「你別擔心，我們會找到說法的。我們一向能找到說法，病人永遠相信你。」醫生胸有成竹，令波娃相信向母親隱瞞患癌真相利多於弊，於是她們把一場治癌的開刀手術說成是X光檢查後治療腹膜炎的緊急手術。儘管姊妹倆反覆追悔搶救母親的決定，「我們把它搶救得太成功了！」、「我沒有折磨她，我只是做我該做的事。」醫生這些鏗鏘有力的辯駁總能令她們退回家屬在醫學領域中是無知的假定。

在現今社會，向病者隱瞞病情當然是難以想像的事情，但在波娃身處的年代，醫生是掌控生死的絕對權威，死亡是他們最終的敵人，他們唯一的責任是不顧一切阻止死亡的發生，在這個神聖的前設下，一切情感和道德的

[3] 沙特是法國哲學家、小說家，他是存在主義和現象學哲學的關鍵人物之一；沙特與西蒙．波娃是非傳統的伴侶，終身維持開放式的情侶關係。

考慮都得讓步。

「是的，我現在知道我有腹膜炎了。」病榻中，母親以為自己正在逐漸康復，儘管經歷多次身體上恢復與衰弱的交替輪迴，母親總是展現出近乎反常的積極：她大口嚥下白色的液體，因為那是可以幫助她消化的藥；她逼迫自己好好進食，吃完盤中的食物，在非正餐的時間，她更會要求喝新鮮的果汁，補充營養。然而強烈的求生意志沒有像奇蹟般把母親從末期癌症中搶救回來，「她還活著就腐爛了。」她的身體長滿褥瘡，關節的舊患使她動彈不得，右邊手臂處於半殘狀態，連波娃也坦言此時母親只是一具**活著的屍體**。

無論是家屬或是垂死的病者，總不免會迷失在傾盡所能延續生命或早點完結痛苦而徒勞的治療。臨終病者是真的不想死還是為了生者而苟延殘喘？家屬的堅持是希望、是不捨還是為了免卻因病者失救而來的自責？這種說不清的情感瓜葛和糾纏是否可以避免？

我又想起中風後失智的婆婆，勉強被救活的她，神智早因腦部缺氧而迷糊不清，從媽媽的複述得知，婆婆只對「牛奶仔」三個字有輕微的眼神反應，那是小舅父的乳名，她最寵愛卻又最讓她憂心的小兒子。因臥床太久，婆婆身體不只長出褥瘡，其中一條腿更因血液不流通的問題要截肢。縱然是這樣，媽媽幾兄弟姊妹還是為了給婆婆最好的照顧，轉換了好幾家護養院。四年多之後婆婆撒手塵寰。陷於迷霧中的婆婆知道自己是自己嗎？她想活下去嗎？她有甚麼話要說？

縱使醫生、家屬及病人都付出了最大的努力，波娃的母親終在手術三十天後離世。關於葬禮，如同當初決定要向母親隱瞞病情一樣，姊妹倆都認為自己很清楚媽媽的意願，能作出對母親最妥當的選擇：不要十字架、不要花圈、但要一大束花。就在葬禮完結，波娃檢視母親的遺物時，她發現一張母親留下的字條、一張給予波娃似有還無的安慰的字條。

就如波娃所言：「**所有人都終將死去，但對每個人而言，他的死亡皆是一場意外，即使他明瞭並同意死亡將至，死亡仍然是一種不合理的暴力。**」縱使死亡是我們終將面對的結局，但如果當天沒有聽從醫生的指示、姊妹倆向母親坦誠病情，母親臨終前的日子會更快樂嗎？肉體上的折騰會更少嗎？

其實逝者離我們而去、在遺憾變成永恆之前，我們大概已經知道自己該做些甚麼。

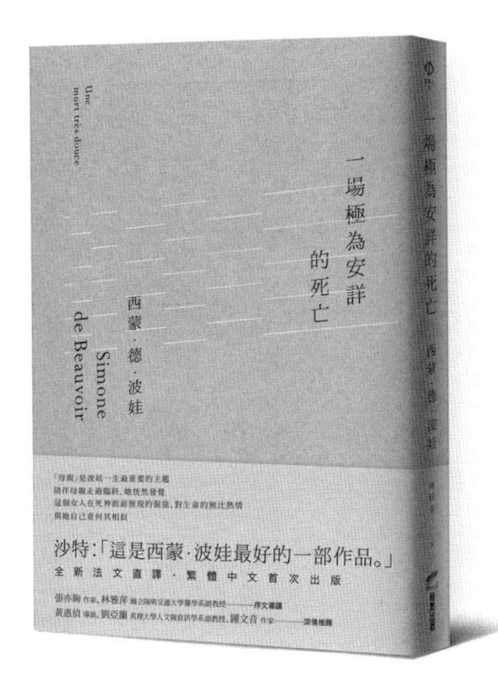

《一場極為安詳的死亡》
作者：西蒙・德・波娃
譯者：周桂音
出版社：商周出版

我可能沒有然後

大概出院之後到現在，這個想法一直在我腦海中縈繞不去：「我可能沒有然後」。要與時間競賽的念頭不斷鞭策著我，其實還在住院時，我已開動手提電腦處理公司的事務。

二〇二一年十一月五日晚上八時正，我、黃獎和鄭啟泰準時在電台開咪，主持「新城書房」，那天我小心翼翼避開結了疤的傷口，輕柔地把頭髮洗乾淨，瀝乾頭髮後，努力在鏡子前整理好頭髮，左顧右盼，生怕頭髮蓋不住頭上的疤痕，又提醒自己動作不可過大，以免亂了髮型，畢竟節目會在社交平台直播啊！預備好節目中要用到的圖片和介紹的書籍，稍作準備後，我於傍晚準時出門到電台。這是出院後第五天，我急不及待返回工作崗位，儘管F醫生一再叮囑我一星期後才可洗頭（我已經十多天沒洗頭了！），還開了一張三十天的病假證明書給我，我還是偷偷的把自己重新整理出一副正常的樣子。

「新城書房」在二〇二一年四月二十三日「世界閱讀日」首播，記得那時候我的書店「小書舍」剛開業不久，我的第一本散文集《小情書》快將出版，已記不起因為談起甚麼的緣故，資深電台主持鄭啟泰先生想把自己多年來的工作點滴結集成書，又不知道是甚麼的機緣巧合下認識了作家何故先生。那年初夏，我們三人不約而同都各有一本由初文出版社出版的新書；那年初夏，我們一同在電台開始「新城書房」這個節目，每個星期聚首一晚，推介好書。後來何故先生因事離隊，換上了另一位我在相約時期認識的前輩朋友作家黃獎先生，仍然是三人組合，繼續每週一晚的好書推介。

我實在喜歡書和與書相關的一切，短暫的離開已經叫我如坐針氈，所以無論如何我也得盡快歸隊。寫作之時，我從社交媒體的網上檔案尋回當晚的節目錄影，看了第一節的節目，不禁詫異自己在鏡頭前的精力充沛，這可能是因為兩位拍檔的關顧，也可能是書給我的神奇力量。記得手術後這段時間我很容易便感到疲倦，特別是在十二月我開始電療療程後，無論是精神還是身體上都虛弱，臉還是腫腫的，化了妝也是一臉白蒼蒼，每一次做節目之前我總會跟兩位拍檔說：「我今晚不是太在狀態，一會兒如果有甚麼狀況就靠你們執漏了。」

手術後在趕的，還有早前跟母校香港浸會大學學生舍堂約好的分享會。早些年在李慧心教授的推薦下，我開始擔任浸大宋慶齡堂的學長（Hall Fellow），會有機會參與學弟學妹於舍堂的活動，跟他們分享畢業後的生活和工作方面的經驗。可惜在疫情的影響下，校內活動幾乎完全停擺，我一直未有機會返校。幸好自二〇二一年第三季起疫情稍見曙光，碰巧舍堂主任跟我聯繫上，儘管知道十月下旬要動手術，跟舍堂主任說明情況後，我還是決定抓緊機會安排在十一月末跟宿生們進行兩次分享晚會，細說我畢業後當上教師到後來創業、出書的歷程，也分享我在活動籌劃的實務經驗。

人總能從與別人分享溝通的過程中更深入了解自己，那次學生舍堂的分享會與宿生交流的經驗十分寶貴，兩個晚上我都談到喉嚨乾涸，筋竭力疲。但從他們的提問中我反過來得到不少寶貴的回饋，讓自己知道經年下來從工作及人生累積的經驗，原來於人於己都有著不少啟發的作用。

二〇二一年十二月五日星期天早上八時三十分，我準時到達「小書舍」，主持人可宜與拍攝團隊很快也到了現場，我的同事彼得和雲尼緊隨其後，**這天要趕的，是拍攝香港開電視的節目「有種老闆娘」**。早在兩天前的星期五晚上，拍攝團隊已經到過電台拍攝我做節目的一些片段，將會剪緝收錄在半小時的節目中。

其實五月的時候，節目團隊已開始籌備工作，監製已經跟我約談見面，了解我的故事，看看拍成節目的可能性。這個節目大概是由主持人走訪十五位女老闆，當中大部分是藝人創業當上老闆的，也有幾位是像我一樣不是藝人背景的女性，說著自己的的創業故事。十月初，節目拍攝展開，監製開始約期進行訪問，拍攝日期除了取決於各人的檔期，同時關乎我在十一月或十二月哪一個週末的市集場地比較適合拍攝，但至關重要的是我的電療療程將會在十二月上旬開始，我得安排好在此之前找個合適的場地完成訪問。

雖然我的臉還腫，臉色仍然蒼白，但不想留下遺憾的我終於在下午四時左右完成訪問。誰知道下一秒世界會發生甚麼事？記得歐文．亞隆[1]在他的書中說過，如果想減輕對死亡的焦慮，就要盡量活得不留遺憾，這個看似是老生常談的道理，又有誰可以輕易做到？

原定在二〇二二年二月播出的節目最終在三月底上線，感謝拍攝團隊，用影片為我留下珍貴難忘的回憶。

[1] 歐文．亞隆（Irvin D. Yalom）美國當代精神醫學大師級人物，也是造詣高深的心理治療思想家；著有《叔本華的眼淚》、《凝視太陽》、《成為我自己》等多本心理學主題小說及理論作品。我在此書中有撰文介紹他與妻子合著的《死亡與生命手記──關於愛、失落、存在的意義》。

《新城書房》第一代主持人：（左起）何故、小書、鄭啟泰

《新城書房》第二代主持人：（左起）黃獎、小書、鄭啟泰。照片攝於二〇二一年十一月五日，出院後的第五天。

跟母校香港浸會大學學生舍堂約好的分享會

與主持可宜在小書舍內拍攝有種老闆娘訪問

寫作與救贖：讀《死亡與生命手記：關於愛、失落、存在的意義》

從零食櫃拿下一條即食魚肉腸，拆下橙紅色的包裝袋，赫然發現袋角印著一個小小的日期，這是我之前從來沒注意到的；自從生病以來，我對日期都很敏感：手術日期、出院日期、復診日期……更多時候想到的是自己的大限之期。

妻子死後四十天，他開始過起了成年人的獨自生活。打從十幾歲在居住的社區認識瑪莉蓮、直到跟她在一九五四年結婚起，歐文．亞隆①除了因工作曾跟妻子分開過幾天外，一生都跟瑪莉蓮黏在一起，轉眼七十多年。

歐文是美國當代精神醫學大師，現在是美國史丹佛大學的榮譽退休教授，在記憶力衰退和妻子病重的雙重打擊下，歐文不得不從全職心理治療師的職涯退下火線，雖然他仍堅持執業，但只能作單一次的諮商；他畢生致力寫作，除了關於心理治療的理論作品外，也出版小說，一直寫作至今。瑪莉蓮②呢？她是法語教授，精通法、德文學，美國史丹佛大學「女性與性別研究所」資深研究者，也是一位女性主義作者及歷史學者。

❶ 歐文．亞隆（Irvin D. Yalom, 1931— ），生於美國華盛頓哥倫比亞特區，美國當代精神醫學大師級人物，也是造詣高深的心理治療思想家。他將以人際關係為基礎的心理治療理論發揚光大，成為美國團體治療的當代權威，並把存在主義哲學融入心理治療之中，開創了風格獨特、也啟發無數人的治療思想。曾任教於美國史丹佛大學，目前是該校榮譽退休教授，仍在加州執業。歐文致力寫作，除了關於心理治療的理論作品如《短期團體心理治療》、《凝視太陽》外，也出版小說如《愛情劊子手》、《當尼采哭泣》、《叔本華的眼淚》等，一直寫作至今。

❷ 瑪莉蓮．亞隆（Marilyn Yalom, 1932—2019）的著作甚豐，包括《太太的歷史》、《法國人如何發明愛情》、《乳房的歷史》等。

二〇一九年初，瑪莉蓮罹患多發性骨髓瘤，接受化療時不幸中風，出院後的某個早晨，她跟歐文在公園散步，突然鄭重的跟他說：「我們應該合寫一本書。我想把我們所面對的困難日子和歲月記錄下來，對那些配偶得了致命疾病的夫妻來說，我們碰到的難處或許還有點用處。」歐文不同意，理由是他正在寫另一本書，現在回想起來，我覺得更確切的是他拒絕承認瑪莉蓮行將逝去。

畢生替病人緩解死亡焦慮的歐文，原來一直也沒有想過死亡會臨到他身邊，一方面他每天親近死亡，協助晚期癌症患者面對即將逝去的生命。一方面他卻把死亡跟自己的生活割裂，直到死亡以勢不可擋的姿態攻陷他的生活，他才猛然從美夢中醒來，重回現實。

「**我們互為彼此作品的第一個讀者及編輯。**」書與寫作、學術研究與四個孩子貫穿了歐文和瑪莉蓮的生命，連繫著二人的心。在瑪莉蓮的堅持下，歐文最終還是咬著牙關提起筆，與她合寫二人第一本、卻是最後一本的著作。

縱然瑪莉蓮同意免疫球蛋白療法（她的身體狀況已承受不到高毒性的化療），但她也向醫生問了一個勇敢的問題，字字清晰，毫不含糊：「如果這條路證明無法令人忍受或無效，你會同意我跟安寧照護醫師討論醫助自殺[3]嗎？」醫助自殺，對歐文來說是荒謬絕倫的選擇，更難以接受的是提出的竟然是畢生與自己相伴相知的妻子。下一篇輪到歐文書寫的時候，他毫無保留地表達自己十分茫然的情緒，腦海一片空白，寸步不離瑪麗蓮，不讓她離開自己的視線，守在她身邊，拉著她的手，生怕她走掉。

米蘭・昆德拉的一句精準地刺中了歐文的要害：「遺忘本身便是一種不斷在生命中上演的死亡形式。」失去記憶的焦慮一直困擾歐文，加上他快將

[3] 醫助自殺的定義是病人自己施行結束生命的行動；在兩位醫生的簽字同意下，醫生提供醫學的方法或知識協助病人使其在沒有痛苦的環境下死去，如醫生可能提供安眠藥或致命藥物諮詢給病人；歐文與瑪莉蓮居住的加州是第五個將醫助自殺合法化的美國州份。

失掉瑪麗蓮，這個在他記憶中舉足輕重的首要人物，這意味著他的人生大半也快將變成空白。後來，歐文試圖重讀自己舊作以緩解對死亡的焦慮。縱然重讀《凝視太陽》讓他記起「人生愈是虛度，死亡的焦慮就愈強烈」，但他卻不了解活到八十七歲的瑪莉蓮自覺人生早已完滿，現在是死得其時，她完全接受死亡，她最憂心的只是那個日後要獨自生活的歐文。當他發現瑪莉蓮的書架空掉了一半，他大驚失色，像是被背叛、被出賣，但能把自己珍而重之的書交托到可信賴的朋友手裡，不至於丟散流失，對瑪莉蓮來說是極大的安慰。

免疫球蛋白療法不奏效，瑪莉蓮終點將至：「我的頭靠著瑪莉蓮的頭，整個注意力放在她的呼吸上，看著她的每一動，靜靜數著她的呼吸。微弱呼吸第十四下之後，呼吸停止了。」二人手牽手、你一言我一語，八個月的夫妻對寫，從肉體的痛楚到心靈的煎熬，反差對照幕幕刻骨銘心，作為當代心理治療權威歐文，即使搬出所有著作、理論和案例，也無法緩解喪妻之痛。

接下來的一百二十五天，歐文獨自完成了這本書三分一的篇幅。他努力記錄這些悲痛的日子，因為書寫緊緊地把他與逝去的瑪莉蓮連結在一起，他毫不忌諱向瑪莉蓮坦誠自己有向心理治療師求助、至今仍沒有勇氣去她的墓地、看到她的照片仍不禁落淚。瑪莉蓮精心安排的這個書寫任務，不但延續了他們生命，也拯救了歐文，他終於明白儘管擁有社會及醫療優勢，死亡來臨的痛苦及恐懼無人能免，人人平等。

瑪莉蓮要歐文記得沙特（Sartre）自傳裡的一句名言：「我正靜靜地走向盡頭……清楚知道自己的最後心跳將永遠銘刻在我最後一頁的作品上，死亡，只能帶走一個死人而已。」我們都知道自己的生命有一道或近或遠的限期，瑪莉蓮傾盡剩餘的力氣告訴我們，在限期之前盡量活得不留遺憾，死亡就不會過於囂張氣焰，嗯，我都好好的記住了。

《死亡與生命手記：關於愛、失落、存在的意義》
作者：歐文・亞隆，瑪莉蓮・亞隆
譯者：鄧伯宸
出版社：心靈工坊

有一天，沒一天

二〇二二年二月下旬，疫情就像癌症一樣，沒有預期的無情地發生：誰想到這陣子會迎來來勢洶洶的第五波疫情？誰想到這幾天香港會冷得只有八、九度？雨連續下了數天，沒有停止的跡象，陰冷的空氣從窗、從天花、從門縫拼命擠進房子，想取暖卻不知道裡面比外頭更冷。

對上一次到腫瘤科R醫生復診的時候，我問醫生完成電療後要怎樣？他說按我的情況，約兩個月後要去做一次磁力共振，然後每半年檢查一次。如果復發，最大機會會在頭一、兩年發生（**這麼快？！**），很大機會是原位復發（**又在頭內！？**），只有一成的機會會轉移到肺、肝等地方（**我應該高**

興嗎？）。如果復發呢，我要怎樣？醫生說：「再切再電。」很清晰，清晰得我拒絕接受。

拿到病理報告後，聽說我得的癌症比較罕見，確切一點是這種骨癌長在頭內比較罕見。一位朋友得知後，好心的告訴了他在公立醫院當顧問醫生的朋友。癌症終究是一場長期的戰爭，無論是主診醫生還是當醫生的小學同學也建議我到公立醫院排期，一方面醫療費用較相宜，另一方面公立醫院的設備比較齊全和先進，於是輾轉之下我幸運地擠進了公立醫院的腦神經外科和腫瘤科的隊伍。

一月中旬完成三十次電療後，我突然陷入一片茫然：**之後我該往哪裡去？**癌症沒有康復，只有復發，我大概就是落入復診、檢查、復診、檢查的輪迴。**如是者我選擇了逃避**，小孩蹺課的心虛與自責都發生在我的身上：原訂於一月下旬、我完成電療後的腫瘤科私家醫生復診，我當逃兵了，就像十二月下旬腦神經外科（主診醫生F）的復診一樣，**我也是逃了。我告訴自己，私家的腫瘤科醫生可以暫且不見，因為還有二月份見公立醫院醫生的機會，三月份才得照磁力共振，趕得及。**

誰不知從農曆新年開始，疫情因變種病毒Omicron肆虐而急轉直下。二月份首次復診我錯過了，疫症攻克了各間公立醫院，人滿為患。寒風下候症的病人要睡到院外的帳篷，加上每日躍升的確診數字，我實在不想冒險。結果第一回復診沒去，重新排期要到五月中；二月第二回的復診一延後，已經是排到九月的事。

蹺課的孩子怕被父母逮住，也怕被老師懲罰，愈是想愈是要躲避。電療要掉頭髮的位置掉定了，可幸上方的頭髮有足夠的長度覆蓋掉了的那一片，不刻意撥弄難以察覺。但最近電療觸及的地方總是有被針刺的疼痛，有一點一點的痛，也有一片一片的，偶爾還是會出現水腫和耳鳴的情況，用手輕撫手術的位置，不難觸摸到被補上的頭骨那凸起了一角、總是跟我的臉格格不入的一片骨頭，愈摸愈擔心。

在第四天嚴寒的下午，我尋回僅存的一絲勇氣打電話到診所，姑娘聽到我報上的名字，立刻親切的說到：「哎呀，你終於都出現。」我再也忍不住淚水，一邊哽咽，一邊勉強回話，約好回診的日期。

說愛敢恨，《靜子》的與佐野洋子

「媽死的時候幾歲？」

「九十三歲呀。」

「哪一天死的？」

「二〇〇六年八月二十日，早上九點半。」

「那時候，我在那裡嗎？」

「你不在啦，只有我和哥哥在。」

「我是甚麼時候去的？」

「你是在媽的遺體送到葬儀社的靈安堂以後才去的。」

母親去世的時候，佐野洋子癌症復發入骨，那時候的她可能是拿著拐杖或坐在輪椅上，記憶流逝令她自己也記不起剛剛發生、活生生的細節。實在沒辦法，她是問妹妹才知道的，這個時候的洋子已經是一個生命將盡、六十多歲的老人。

有人認為，過去的早已過去，塵世中所有的恨怨，記住與否，都可在你選擇忘記的時候像按「退出鍵」般瞬間消逝，真的嗎？

累積了一輩子的恨集中在自己生命快將完結的時候爆發，那股沉重的力量結集成一本比手掌稍稍大一點、厚近四百頁的小書，讓你有一種雖可以掌握卻又不易駕馭的無力感。我是先看《無用的日子》，再看《靜子》的，前者輕鬆有趣、幽默可親，後者有攝人心魄的震撼和讓人揪心的共鳴，我一頁不漏的連續看了兩次。

作為戰敗國的人民，洋子一家於二戰後以遣返者的身份從大連回國，從優渥的北京四合院回國後，過著寄人籬下的困乏生活。父親顯得一蹶不振，母親反倒漸漸磨鍊成堅韌的個性，卻又不知怎的漸漸變得對洋子冷漠無情，這又反過來成就了洋子的堅韌不屈。

在縣政府舉辦的寫生大賽中，母親沒有因為洋子獲獎而有丁點的高興，反倒因為自己沒有體面的衣服赴頒獎禮而埋怨洋子，令洋子得了獎也沒有自信；到洋子長大考到中學，母親竟說洋子「去那種地方你會更囂張」；洋子生孩子了，請母親協助照料，母親影都沒來，反而是洋子的阿姨負上了這個責任。

洋子似要在回憶中找尋線索，解開心中那糾纏了五十年的死結。哥哥在十一歲時病歿，母親傷心得幾近瘋癲，本來就不怎麼對洋子好過的母親於心靈和身體上對洋子的凌虐更見嚴重。後來父親在洋子十九歲的時候離逝，她乘考大學之機會離家，畢業後早婚，直到母親晚年被弟媳趕出家門而住進她家之前，兩人的關係才因為這段幾近沒有往來的日子稍為平靜。

雖然她對於無法喜歡母親感到很自責，卻毫不猶豫地坦承自己討厭母親，還要把這種恨毫無保留地書寫出來。

在洋子眼中，母親是那個會狠狠地甩開她的手的母親、是那個會將她的頭撞向柱子的母親、是那個叫她「滾到一邊去」的母親。

洋子直說自己討厭母親，不是討厭身為母親的她，而是身為一個人的她。因為她毫不羞恥地說謊，對子女隱瞞自己有兩個有智力障礙的弟妹（即洋子的舅舅和阿姨），為的是保住面子、把照顧的責任都推卸到洋子的阿姨身上。她直認自己在母親被弟媳趕出家門後同住了兩年，不是愛而是純粹的義務和責任；她直說如果母親不是她的母親而是外人，自己就不會說出：「我有沒有拜託你把我生下來」這種該做天譴的話。

就像生活一樣，你最愛的人總有可憎之處，你最恨的人也會有可愛的地

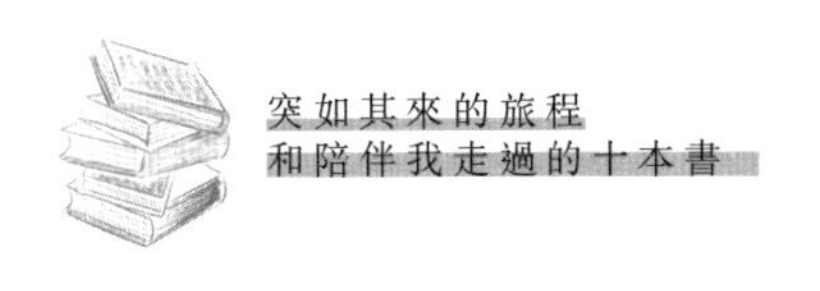

方；你愈是要留的人，愈快離你而去，你愈是想要掙脫的陰影，總是有跟你百般糾纏的能耐。**佐野洋子坦誠剖白自己作為女兒對母親既內疚卻憎厭的矛盾，**承認了自己作**為人的種種缺陷；**正正是生活有矛盾、有波瀾，這才值得讓人細味。

不少評論認為《靜子》是佐野洋子對母親的和解之書，我想這大概是一個一廂情願的誤會。洋子後來喜歡的是那個住進養老院、記憶日漸模糊、因害怕陌生而變得謙卑慈詳的母親、是那個終於會說「謝謝」和「對不起」的母親、是那個褲子鬆垮垮、已經沒有小腿肚、腿細得像研磨棒一樣、再也坐不穩、徹底失智的母親。那時候的母親早已不是那個母親。

一直以來，母親彷彿是注定要被歌頌、神聖不可侵犯的照顧者形象；所有對母親的負面書寫都會被撥入大逆不道的犯禁行列。也許就如日本著名當代女作家新井一二三所言，佐野洋子的《靜子》打開了潘朵拉的盒子，原來討厭媽媽是可以被書寫的，就連洋子自己也驚訝原來周遭有著許許多多討厭自己母親的人。

但雖說如此，就我所見，多數以自傳形式書寫母親負面形象的作品都是在作者母親死後才出版的，像是洋子的《靜子》、西蒙．德．波娃的《一場極為安詳的死亡》和馬丁．米勒的《幸福童年的真正祕密：愛麗絲．米勒的悲劇》等……這究竟是巧合還是依然有所忌諱？

洋子說：「人就是這樣慢慢變得無人知曉，除非在歷史上留名，其他幾百億人都這樣消逝而去。」自揭瘡疤從不容易，感謝洋子為我們作了完美的示範，她教我們不單只要愛，還要敢恨，更重要是用自己最擅長的方式在世間留下痕跡。

《靜子》
作者：佐野洋子
譯者：陳系美
出版社：木馬文化

入圍了！

今天一大早起床，梳洗後就準備拍攝，因為死線快到，再不拍就趕不及。說的其實是我要拍攝一條一分鐘的短片，為入圍「第 19 屆十本好讀」中學組候選作品的《小情書》拉票，能夠與眾多前輩作家及佳作一起入選（特別是小書的偶像阿濃啊！），對我來說已經是莫大的鼓勵。十天前，初文出版社的黎社長通知我的書入圍這個競選，開心了一整天。但都市的節奏畢竟容不下快樂的延續，很快我的心神就被逐漸從第五波疫情中恢復過來的工作淹沒，拍攝的任務最終還是要拖到最後一刻。

在構想這一分鐘的內容期間，走神想起要跟進一份計劃書的內容，我

得盡快落實活動細節，還要做種種的前期工作才能公開招募參加者，說的是一個即將在五月份舉行的書市，距離現在只有一個多月的時間。與場地方溝通一輪之後，又返回錄影熒幕，打好燈光，準備拍攝，想好內容後，還得化一個較為「重手」的妝容，掩蓋黑眼圈。

照照鏡子，撥一撥頭髮，手術傷口上被剃掉的頭髮已長到八厘米長，六個月的時間，生長速度尚算不錯。如果不是刻意扒開頭髮，一定不會看到疤痕，雖然右耳對上頭側位置有一片的頭髮已經永遠捨我而去，但我比較幸運，天生一頭濃密的頭髮，上層的足以蓋住禿掉的位置，使我不至為失去的頭髮太過苦惱。只是最近兩次修剪頭髮的時候，理髮師為了刻意保持頭髮的厚度和長度，令我的髮型看上去總是笨笨的。

拉票短片拍了十多個版本後總算完成，做了簡單的剪接、配上罐頭音樂便發送出去，因為要趕在中午前出門到達一個活動場地拍攝一些現場的照片。在場地內走了第一轉，照片不是拍得太好，決定先讓神經早已十分繃緊的自己放鬆一下，吃一個午飯。我專挑無人排隊的店，時間實在太寶貴，耗掉在隊伍之中太不智。半小時後，我折返活動場地，終於拍到一些較滿意的照片，可以安心回家。

漸漸從手術康復過來後，記得大家姐曾經向我轉述過媽媽的話：「可不可以叫她減少工作？壓力大對身體不好。」媽媽不直接跟我說，大抵是知道我一定不會聽她的，自從爸爸死後，大家姐便擔起了「一家之主」的角色，她說出來會更有說服力。但大抵家人都知我的性格，大家姐亦明白工作對我的重要性，加上公司是我創業以來一養大的「寶寶」，怎能說放手便放開所有？因此，她只是簡單的向我複述了媽媽的說話。

後來，不少知道病情的朋友也有叫我盡量放鬆心情，減輕工作的擔子，因為許多研究已證明壓力與癌症之間的關聯。資訊發達的缺點是你每天都要被迫浸在海量的信息之中，看過朋友甲乙丙丁和三姑六婆發給我的新聞、專題資訊、圖片、短片後還不夠，陷入一片恐慌的我想起自己那沒有成因、罕見的骨癌，按捺不住心魔不斷輸入關鍵字，進行地氈式網上搜尋，每隔兩、三天便重新搜一次，看到重重複複的內容竟不覺生厭，反而努力回溯自己一路以來的生活模式，似是墜入壞人的圈套，似是而非，胡思亂想。

回家後，先處理一些小事情：回電郵、覆信息、確定「小書舍」的小展覽佈展如期進行，然後就動手處較複雜的活動籌備、準備隨後兩天晚上公司要參與的活動直播。第一期的消費券早幾天經已到手，剛過去的週末街上人頭湧湧，一切也好像快要回復正常，這也意味著我的活動策劃工作逐漸繁重起來。剛在社交媒體發完了幾個帖子，接到了社長的催稿信息，原定月中要交的書稿早前因工作關係給我推到了月尾，社長這次的信息是說明排版、校對需時，希望我盡可能早一點完稿，月底是我的終極限期。

其實靜下來想想，工作忙碌，甚至忙得壓力迫人也未嘗不是一件美事。至少現在我已經沒有閒暇在網上遊蕩，在我全力投入工作的時候，**有好一段時間我甚至覺得自己是一個從來沒有生病過的強人，直到瞥到日程表上安排好在下星期進行的磁力共振掃描檢查，我才記起自己這個未完的生病故事。**

| 小書在商務印書館與《小情書》合照

出走．待續：一人一貓的單車環球冒險

踏出家門，我不知道命運會領我到哪一步。

「不久後我就要滿三十歲了，我想擺脫一成不變的生活，逃離那世界的小角落，達成些甚麼有意義的成就。」二〇一八年九月，迪恩．尼可森（Dean Nicholson）從家鄉——蘇格蘭東岸小鎮鄧巴（Dunbar）出發，辭掉體力勞動的工作，從生活中日復一日繞的圈子掙脫出來，與好友一起開始單車之旅。

每當在生活中遇到挫折、瓶頸、沮喪失意、停滯不前時，總叫人不禁懷疑：自己哪裡出了錯？還是命運偏偏選中我？

說好的二人單車之旅未認真開始就已經觸礁，從小到大一起闖禍、喝酒、飆車的損友心繫女友，離開家鄉未夠一個月便與迪恩分道揚鑣。這個看上去不太順利的開端沒有打沉迪恩，更造就了他與娜拉（Nala）的邂逅，迪恩如同受到娜拉的感召，成為彼此唯一的靠依。**「如果我想要繼續冒險，我就要用自己的方式、依照我自己的時間表前進。」**從此，故事變成一人一貓、一台行李愈來愈多的單車（大多是娜拉的日常用品：逗貓棒、貓罐頭和餵食的小碗等，貓奴們，你懂的。）和一條不斷修訂的環球單車冒險路線，更不少得一個Instagram[1]帳戶——原本用以記錄迪恩與好友浪跡天涯的旅程，現在變成了迪恩與娜拉的愛貓流浪事件簿。

從鄧巴往東南而下，迪恩領著娜拉騎單車踏遍波斯尼亞、阿爾巴利亞到達希臘，在城市人的眼中，帶著一隻路上拯救回來的野貓去流浪，極其浪

❶ Instagram是一款免費提供線上圖片及影片分享的社群應用軟體，於二〇一〇年十月發布；在中國大陸一般簡稱ins，在台灣、香港和澳門一般簡稱IG。

漫。現實呢？通過獸醫不同檢查，還要按時序打疫苗，急不來，但迪恩實在不能容忍自己停下腳步。雖然更多的時候不論天氣、人事際遇或是錢包等狀況都不由他撐控，但他還是在趕路啊！打齊大大小小的疫苗還得植入晶片，辦貓護照，更糟糕的是，每過境一次，又得花錢做一個貓兒健康申報證明書……決定與娜拉一起上路，**其實是迪恩展開燒錢之旅的開端**。

「重點是你甚至不是在賽跑，為甚麼要趕路？為甚麼不好好享受旅程就好？一步一步來，看看命運引令你走到哪裡。」一個好心的旅館主人，一句不經意的見解，將迪恩從現代人的急速節奏中拉出來，尤其是現在多了娜拉在身旁，自己到底還要趕往哪裡？迪恩將娜拉當成前世情人，初次嚐到擔當照顧者的幸福，每每以娜拉為先。娜拉讓迪恩的世界變得不一樣，他開始用不同的眼睛看世界：迪恩開始潔淨海灘、拯救沿途碰上的受傷貓狗和被迫背起身材碩大的旅客的驢子；無論是自己還是娜拉生病、丟失護照、不夠食物、受暴風雨吹襲、旅程受阻等，迪恩想到的只有娜拉，迪恩就似一晚長大的小孩，擔當起照顧小貓咪的責任。

有說**出走**是尋回迷失的自我和重整生活的最佳方法，把熟悉的一切暫且放下，在抽離的時光中整頓思緒，為問題尋找答案。三十歲的出走實在不簡單，對男生來說雖然未到被催婚的歲數，但有說三十而立，至少你也要有一份收入穩定的工作吧！

旅程推進，雖然迪恩在希臘溫泉關遇上為他送上滿滿一袋食品的敍利亞難民，但有限的食糧總增加不了快要見底的旅費，命運眷顧，他很快就在希臘的聖托里尼獨木舟學校找到工作。**「我們都一定經歷過這樣的時刻，覺得世界好像起了天翻地覆的大變化，想都沒想過的事情竟然發生了，那一刻我們頓時覺得世界再也不可能回到老樣子。」**如果說娜拉的出現是迪恩的旅程中一份天賜的禮物，那麼由雅典開往聖托里尼的渡輪該算是將這一對送到人生交叉點的跟前。

甫下船，迪恩重啟手機，各式各樣的提示信息以轟炸機的攻勢向他襲來，「渡渡鳥影片」①是一切的最佳提示，他們的 Instagram 帳戶追隨者由三千躍升到三十萬，片段已有三百萬次觀看！海灘上迎來了一個接一個專程拜訪娜拉（和迪恩）的遊客、各式各樣從世界各地寄到獨木舟學校的禮物、種種慷慨的贊助、免費的食宿和船票、訪問邀約，包括《每日郵報》、《華盛頓郵報》甚至 Netflix。如果迪恩的出走為的是一個爆紅的機會，他大概會長駐這個著名的度假小島；基於禮貌、出於好奇，迪恩盡可能回應，但很快他便**「開始覺得一切變得太沉重，自己一手開始這個故事，如今根本不可能不辜負大家的期望。」**

這突如其來的關注沒有衝昏迪恩的頭腦，反之成為迪恩離開聖托里尼

① 渡渡鳥（英語：The Dodo）是美國一家專注動物及動物權益的網絡出版商；渡渡鳥目前是臉書上最受歡迎的影片發佈者之一，僅僅在二〇一五年十一月就從社交網站獲得十億次的點擊量。

的動力。他更將網絡的威力轉化，透過分享為動物組織籌款、為流浪動物尋家。這人貓一對繼續乘單車前行，到達土耳其、亞塞拜疆，回頭向西北經過保加利亞、塞爾維亞。在書中最後的部分，直至二〇二〇年初，一襲尚未被全面了解病毒為他們的旅程畫上了休止符，迪恩與娜拉的旅程因新冠疫情暫結在匈牙利布達佩斯。

回頭看看，才驚嘆究竟要有多大勇氣，才可走過這些年段段崎嶇曲折的岔路，成為今天的自己。讀一讀迪恩與娜拉的旅程，我不禁想到自己那幾回奮不顧身的出走：辭去教職、離開香港、回頭創業、孑然一身、丟失健康。從故鄉出走，迪恩從沒想過自己會由一個沒日沒夜、漫無目標的藍領鄉下青年搖身一變，變成一個現時坐擁過百萬 Instagram 追隨者、關愛動物的旅行作家。

迪恩與娜拉的故事好看，好看在於它仍在進行中，我落筆之時，娜拉已

經生病數天，我會繼續緊貼他們的情況；當你在閱讀這篇文章的時候，也許他們剛好身處你附近，仍然在種種未知之中掙扎中求存，繼續他們的旅程。

仍在路上的你，心累了不妨讀讀迪恩與娜拉的經歷，願你能從中找到同路人的安慰。

《Nala's World，最幸福的旅程：一人一貓的單車環球冒險》
作者：迪恩．尼可森
譯者：林紋沛，陳璽尹
出版社：商周出版

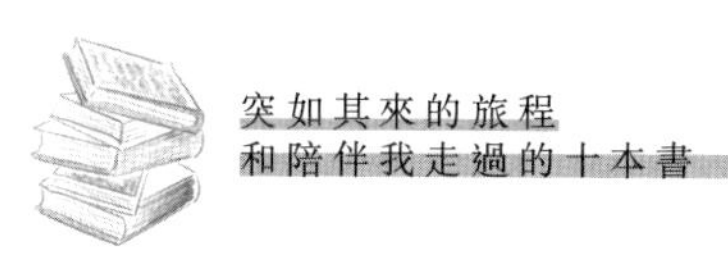

二十五支雪條棍

有一些痛會麻木。

最近一直在忙新書書稿的最後衝刺，七天後便是交稿的死線，如果想趕得及在今屆書展推出新書的話，完整的初稿一定要在限期前交到出版社，一切都列明在合約之內。好幾篇的內文仍然未寫，寫好的還未仔細修訂，要收錄的書影和照片完全未整理出來，想到這裡我已經掌心冒汗，感覺有一塊巨大的石頭壓著胸口似的。

第五波新冠肺炎疫情經已緩和，事隔三個多月，晚市堂食終於解禁，部分消閒場地重開，加上月初派發的消費券，吸引力之大，實在駭人。這一個多星期以來，街上的行人一天比一天多，像潮水浸滿大街小巷，商場內擠得水洩不通。

我公司要舉辦的市集活動續漸回復正常，原定於四月舉辦的泰國潑水節活動延期到八月，大大小小的宣傳活動正在密鑼緊鼓地進行；五月中將會在中環街市舉辦一個主題書市，雖然籌備的時間有點急，但既然覓到理想的場地，一定要全力去做；加上其他大大小小的市集，日程表早已擠得滿滿。

我的書店「小書舍」下星期回復正常營業時間，正在籌備店內幾個小型展覽，而我除了逢星期五晚上的電台節目，自己在二月中的時候開始在社交媒體上做直播，主要是説書，也希望推介更多好書，宣傳一下書店和市集。

我一方面為這個城市恢復正常的生活節奏而高興，但另一方面我的思緒和身體彷彿被淹沒在水中，眉頭緊皺，呼吸困難，是我還未準備好過正常生活嗎？

磁力共振掃描檢查報告第二天便出爐，R醫生把掃描的底片放上白色燈箱上，用筆指著在底片中右邊牙骹的位置，「情況很好，除了電療後裡面的傷口有發炎的情況外，癌細胞已經看不到了，因為如果是癌細胞的話，腫瘤會在照MRI時所注射的顯影劑下無所遁形。」我頓時鬆了一口氣，然後覺得右邊牙骹隱隱作痛。原來傷口一直在痛，但急促的生活早已替我把痛楚麻痹。

我終於記起來了，其實這個痛楚自手術之後一直都在，由於我的腫瘤由右邊牙骹的軟骨組織長出來，F醫生在手術前說過落刀時無可避免地要觸及牙骹的位置，削弱右邊牙骹關節和軟骨組成的靈活度，嘴巴開合會有困難。的確，剛完成手術後，我右邊牙骹十分緊，只能微微張開嘴大約兩厘米左右，吃東西時要把食物切成小塊、逐點逐點放入口中，太難咀嚼的東西都要避之則吉。我曾經試過強行把口張開，但太用力除了會痛，還有一種牙骹快將被撕裂的感覺，所以多試幾次之後便不敢了。去F醫生的診所復診時，他說這個情況是正常的，並著我不要因為怕痛而不開口，如是者隨著時日流逝，牙骹緊鎖的情況真的有所改善。至少吃東西的時候不至於要害怕張開嘴巴，比較煙韌的食物也有我的份兒了。

「電療後傷口發炎的情況是正常的，我估計大概九個月的左右便可以康復，你現在牙骹的位置有痛嗎？」R醫生提起，我才想起右耳與面頰之前的一帶的位置，無論是靜止還是吃東西的時候都有痛感，而當R醫生按壓這個位置時，痛楚就更明顯了。R醫生隨即在抽屜中取出一包雪條棍，就是醫生替病人檢查喉嚨時用上的舌壓（Tongue depressor），然後他替我量度張開口的闊度。

「我現在給你二十五條雪條棍，你回去每天要花一些時間自己在家中做物理治療，我估計現在你張開嘴巴可以放二十條雪條棍，每天在家看電視的時候（其實我家中沒有電視）咬著雪條棍十五分鐘，口水會流出來的，就讓它流吧（這樣恐怖？），兩個星期後請家人幫手把多一支雪條棍加在棍與棍之間（但我其實是獨居的呢！），循序漸進直到成功加到二十五支就是最理想的成績了！」原來電療會造成內在損傷，傷口會發炎，R醫生說要在傷口結痂前盡量活動牙骹，否則之後便補救不了。

即時的危機暫時解除，更多生活的挑戰擺在眼前。其實，痛楚是個很好的提醒，最直接的是身體上的疼痛讓人知道哪裡出現了問題，我們才可以對症下藥；心靈上的疼痛讓人知道是時候停下腳步，讓自己的心靈喘息，思考前路。

有時候，我其實挺希望自己可以清晰地感到痛楚的存在，至少這證明我還活著。

下一次回診安排在七月末，回診之前要照一次PET CT（正電子斷層掃描），會看看癌細胞有沒有轉移。

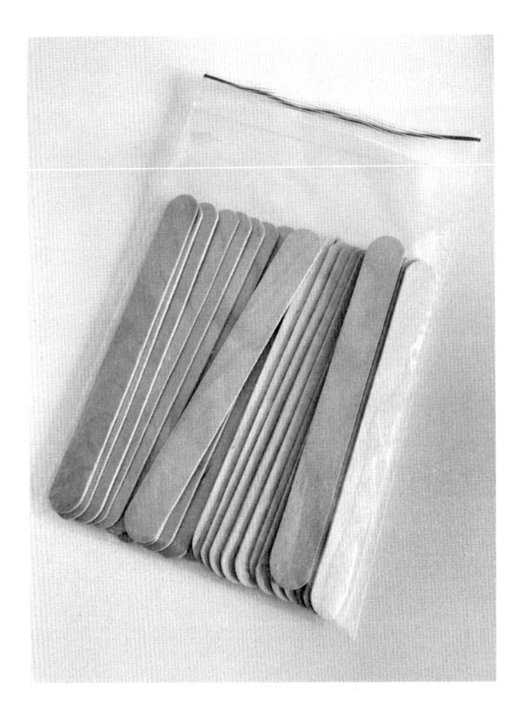

二十五支雪條棍

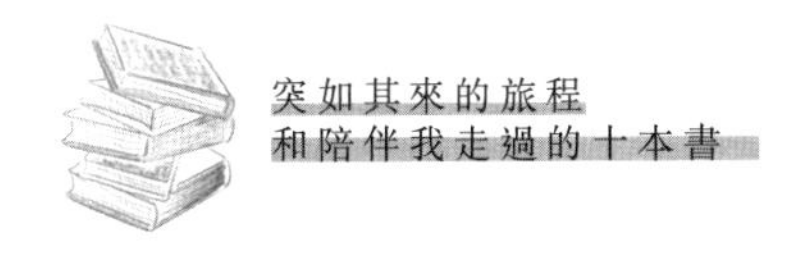

給書店的情書
——讀《如果沒有書店》

究竟有多愛，才會願意花上十多年的時間為了它們踏遍二十三個城市，訪探二百多個店家？

很久沒有看到一本如此讓我心動的書，如果你喜歡閱讀、對紙本書有著無以名狀的迷戀，《如果沒有書店——中國書迷打卡計劃》是你必須擁有的一本書。那麼不喜歡看書和逛書店的人可以立刻忽略這篇小書介嗎？不不不！倘若你細嚼書中作者親手繪畫的書店速寫、每一道他親手寫的附註和每一幅書店裡裡外外的風景，你會赫然發現若只把此書推薦給書痴們，實在對不起有個文藝夢的文青們、甚或乎是想寫遊記、做旅遊文藝KOL、想開書店、開文化雜貨店的小老闆們等等……

《如》的作者**綠茶**，本名方緒曉，在書中他把自己的兒子喚作小茶包，太太喚作茶媽。一個如此可愛的七十後大叔，究竟是怎樣踏上這二十多年的書痴之路，寫下一本如此有有份量、五百多頁的書迷寶鑑？

綠茶**與書結緣**始於他在讀時於北京風入松書店當店員。據綠茶所說，風入松是「一家名震全國的學術書店」，因為這家書店正是由北京大學哲學系副教授王煒與一批學者及文人在北京大學南門附近創辦的（書店已於二〇一一年歇業）。從負責小小的哲學區到店前的展台及至擢升為店長，綠茶在兩年的時光裡從書堆中得到滿滿的幸福感。

十多年間，綠茶踏遍近二十個內地城市、新加坡、大板、阿姆斯特丹

和法蘭克福，心中想的就只有書與書店，他的執著散落在字裡行間。

這一趟書店之旅從模範書局．詩空間（佟麟閣路85號）開始。書店開在中華聖公會教堂舊址裡……把教堂改造為書店，西方有很多案例，被譽為全球最美書店之一的天堂書店（Selexyz Dominicanen Bookstore）就是一家已擁有800年歷史的多米尼加教堂改建而成，位於荷蘭南部城市馬斯特里赫特。

遊走在歷史之間，綠茶細說著他的書店之旅，巧妙的地方是他能完滿地把書店的前世今生告訴讀者，卻沒有陷入歷史的深淵，準確的拿捏輕重，讀者需要知道的都能從書中讀到，再有興趣的可以進一步自行發掘。

佳作書局是個有故事有歷史的書店，簡單說是這樣的：1942年，一個猶太人在上海開了佳作書局，二戰後，這個猶太人到了美國芝家哥，書店就落戶芝加哥了。幾年前，一個中國人在芝加哥買了這家書店，然後開在北京，現在北京兩家店，芝加哥那家店也在。

在綠茶精闢的開首引路下，「佳作書局」立即引起了我的興趣，使得我不由自主地追查更多資料。

這麼多年下來，二戰時期猶太人的慘痛經歷牽動著不少人的情緒，而「佳作書局」的故事就似是悲痛中露出的一絲曙光。當時在戰爭陰霾下，世界大多國家拒絕接納猶太人，猶太人馬法伯（Max Faerber）輾轉之下到了上海，在日軍佔領下的上海創立Paragon Book Shop，經營歷史文化類書籍的生意。一九四八年，書店隨馬法伯和妻子遷抵紐約和芝加哥。二〇一四年，美術史碩士剛畢業的朱帥籌措資金，買下了Paragon Book Shop，書店於是有了「佳作書局」的中文名字，六十多年之後最終再次落戶中國，開在北京花家地，此時書店已經經歷四次易手。二〇二一年末，北京市通州區的宋莊迎來內地第五家「佳作書局」，佔地八千多尺。

在歷史以外的軌跡，綠茶在書中也前瞻地帶讀者了解現代書店的可能性。二〇一九年書店數量排行，成都高居榜首，而我們以為書店數量很多的北京、上海卻在十名開外。

（常州）半山書局幕後是一家規模很大的百貨公司，這棟大樓就是百貨公司的產業。用經營百貨公司的思路經營書店……創店之始，他們參考和學習了國內外很多書店，並最終向日本蔦屋書店和台北誠品書店取經……

隨著時日的推演，書店發展也與時俱進，在傳統的經營模式之上，我們更見到日益多元的書店空間：集書店、文創商品、展覽、工作坊、咖啡館於一身的複合式文創空間的有常州的半山書局、青島的涵泳複合閱讀空間、北京的單向空間等；也有結合民宿和書店的，如蘇州的慢書房、桂林的「住在書店」酒店等。

到桂林，下榻『住在書店』酒店，這是來桂林的第一個驚喜。這家書店主題的酒店，從進門那一刻就吸引了我……房間裡更讓人驚喜。兩個獨立書架，上面有幾百本書隨意取閱，整個房間彌漫著書香，每個房間選書不同……從房間出來，刷門卡就能去到隔壁『紙的時代』，晚上十二點打烊後，刷卡去書店看書，安靜的書店，只有兩個也在看書的店員……真正體驗『住在書店』的感覺。

有說書寫是思緒的最佳整理和記錄，而畫下就是自己對事物更深刻的體會。在《如》一書中，綠茶既寫也畫，沿途的書店寫生不但與照片相映成趣，綠茶更會邀請與他結伴作書店行的書友或店主在畫上簽名，作為更珍貴的紀念。

承接大學期間與書店的情緣，綠茶與書的情份一直沒有間斷。他曾任人民網讀書頻道主編、中信出版社副總編輯、《新京報．書評週刊》統籌編輯，現為《文史參考》主編。二〇一〇年八月二十八日創辦《綠茶書籍》電子月刊，提倡「閱讀需要分享」的理念，而《如》一書的出版，正是他對書的痴迷的最佳印証。

在綠茶的書遊記中，不少書店都歷盡滄桑，或告別、或休業、或搬遷、或更名改姓，卻也有遍地開花，繼續默默地散發書香的。無論如何，就如綠茶所說：「那些為理想而堅守的書店人是最可愛的人，也是最堅強的人。」

《如果沒有書店—中國書迷打卡計劃》
作者：綠茶
出版社：上海三聯書店

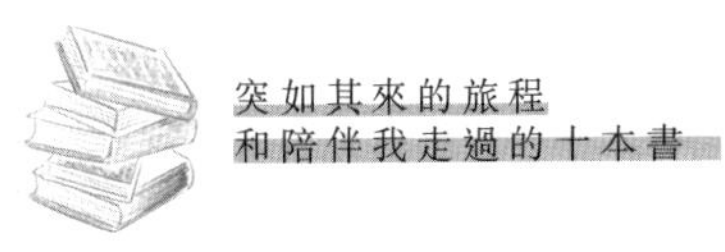

故事未完

動手術剛好是半年前的事，這個突如其來的一百八十天的旅程，把我從急速的生活中抽離：過去六年，我身上總帶著多於一個手提電話（高峰期有三個！）；由於是創業階段，沒有固定的工作、飲食和休息的時間，有時候一睜開眼便到電腦前工作、有時到下午三時才吃第一餐、更多的時候是拖著累垮了的身軀躺在床上，卻因壓力大得令我窒息，整晚左思右想，眼光光到天光。

我總覺得年輕是本錢，而且相對於所面對的壓力和困難，當我看到工作上一點一點積累下來的成果時，就覺得所有的拼搏都是必然和值得的。

知道要入院做手術的時候，除了擔心自己的病情，令我同樣憂心的是這些年來沒有一刻放開過的工作。原來不只承擔責任困難，懂得放下才是更高深的學問。要把手上的工作交托予同事，最令我抱歉的是要把複雜的、充滿壓力的擔子壓到他們的肩膊上，可幸同事們對我都十分體諒，囑咐我專心養病，公司的事務就放心交給他們，實在感謝他們每一位的關心與付出。

曾經有人問我：「你的病好了吧？沒甚麼大礙？」我沒有正面回答，更確切的是我不懂回答，只能感謝他的關心。癌症可以痊癒嗎？我只知道未來的日子，我仍然要定時到醫院檢查，確保癌症沒有復發。

早幾天在網上看到一個說法，癌症痊癒分為五個階段：第一階段：讓腫瘤消失、第二階段：恢復體能、生理機能與生活功能、第三階段：腫瘤不復發，也無恐懼、第四階段：恢復與提升生活品質、第五階段：逆轉人生，找到新生命價值與新生活。癌症復發的恐懼仍不時縈繞著我，但我知道自己正在努力的重整生活。

出院以後，我的工作依舊忙碌。雖然這段生病的經歷沒有如戲劇般翻天覆地把我的人生改寫，但我的確清楚體驗到生命的無常和有限，要珍惜的人和事太多，自己一定要盡力在這一生完結之前把該做的事都做好，讓此生無憾。

城市裡的回憶

你還想要些甚麼？

一個星期六的下午，在家閒著，想看電影。點了點手機上的電影串流平台應用程式，上千套電影的目錄，花多眼亂。單是瀏覽目錄已用了十五分鐘，好不容易才選到一套電影，但熱情早已冷卻，當我關掉程式，仰天長嘆之際，發現書架上原來放了數十隻DVD，當中更有十多隻是完全未開封的！我仔細端詳，從左到右再由右到左，竟沒有一套想看的影片，其實就算想看，也不知道那台古董DVD機還是否可以正常操作。

納悶之際，我再看看書架，一層、兩層、三層……整整六層的書架，近七百多本書，卻沒有一本觸動我的神經。逼不得已又坐到電腦前，開了幾個網頁，多得令人目眩神迷的資訊：相片、新聞、短片、改圖等，幾乎每往下拉一下都有幾十個更新，想看的和不想看的、跟我關係密切和與我完全無關的都給看到。

我成長在一個物質不缺乏的年代，雖然不是生於大富之家，但書本、文具、玩具、衣服、食物生活所需一應俱全。這一代的孩子就更不用說，從早年的天水圍到最後一年執教鞭的九龍塘，在我教書的日子裡接觸過的孩子和青少年中，不同家庭背景都有，但我可以肯定的說：他們都活在物質豐盛的生活中，當然其中的程度會有不同吧！

物質豐饒是社會進步的必然結果，我不是想說甚麼「這一代的孩子不懂珍惜」、「現在的孩子都給寵壞了」等陳腔濫調。但沒經歷過缺乏的孩子們，單憑做幾次義工或者是看幾個救救貧窮孩子廣告怎能明白活在匱乏中的痛苦？

其實莫說是年青人，很多時候連成年人也不知足，我也不例外，有很多時候我也是身在福中不知福的。明明不缺甚麼，想看電影可上戲院、想看書的有書、想用電腦的有電腦、有手有腳、行得走得，卻仍然抱怨些甚麼。

早陣子在社交媒體看到一則圖文並茂的呼籲，希望有心人向一戶剛上公屋的綜援家庭捐助物件，家中有三個幾個月大到幾歲不等的小孩和一隻唐狗，母親要照顧家庭不能工作，故透過網友希望向大眾徵集家具，清單如下：電腦（說個案中的母親要用電腦做買賣小生意）、飯煲、電視櫃、梳化、天花燈、窗口式冷氣機、窗簾、子母床、書本、衣櫃、窗簾、雙人床、浴鏡、衣服、兒童外套等，不計義工早前為他們送上的麵包機和沙灘椅，在呼籲刊登後不用一個星期，這個家庭已在安排下得到所有想要的物品。

許多時候我們都習慣擁有比自己實際需要更多的東西，往往看到別人擁有，就覺得自己理所當然的要擁有，有些人得不到的時候更會歸咎於社會不公、上天作弄云云。現在我們想要得到的確比以前容易，但愈是容易得到，我們會否愈是貪婪、愈是無止境地需索、愈是不懂珍惜？

寫著想著，記起了早前看過日本作家山下秀子一本有關「斷、捨，離」的書，「斷、捨，離」是一個減少的哲學，「斷」是斷絕不需要的東西；「捨」是捨去多餘的廢物；最後達到「離」的境界，就是說脫離對物品的執著。

知足是一種歷練，沒經歷多幾次刻骨銘心的的失去，焉知擁有非必然？沒有嘗過缺乏的苦澀，焉知一點一滴都要珍惜？這是一個都需要我們終身學習的課題。

| 爸爸與小書

| 媽媽與小書

斷、捨、離？

每個人總有一些誓神劈願要持之以恆地辦好的事情，亦往往因為要辦好這些事情而買下一堆東西。

你可能因為要織一條頸巾而買一對冷針和幾個毛冷球；

你可能因為要學畫油畫而買一排油畫筆、幾幅畫布、一個畫架和幾支顏料；

你可能因為要學攝影而買一台單反相機、幾卷菲林、一支腳架和幾本天書；

你可能因為要砌好一盒模型而買幾個小鉗、幾把噴漆槍、一支萬能膠和無數小配件；你可能因為要煮一個特別的菜式而買一台烤爐、幾種食材、數款調味料和兩、三本食譜……

這些事情可能有幸給你完成，但更有可能的是它們都會成為你半途而廢的罪證。當中總有一些物件你就只用過這麼的一、兩次，又或者根本是連包裝也沒有拆開過。

有些物件可能是比較幸運的，它們經歷過無數次執拾、大掃除或搬家後仍然給你保存下來的，而你又會一次又一次的告訴自己「總有一天它會大派用場」。很可惜，一年、兩年、三年，時間過去了，那東西添了厚厚的塵埃，你卻仍然沒有碰過它一下。

我是一個幹勁十足的人，很多時候一有想要辦的事情就會一股勁兒的去做，甚麼也不想、甚麼也不理。小時候覺得這是一種很「酷」的性格，漸漸養成了習慣，現在壞習慣戒不掉，內心卻知道這是個不該的事情，矛盾非

常。

有時候我想既然壞習慣改不掉，就只好盡量把那些因衝動而買下來的東西或送出去、或捐給社福機構、或賣掉，總之就是用盡一切方法去彌補當初種下的惡果。我想現在流行的二手家品店、二手書店、專售「過期食物」的超市（即是售賣過了最佳食用日期但仍適合食用的食物）、以物易物的小作業等就是這樣應運而生。

每個人家裡總有一堆「堅信自己會用它」的物件，有些的確是自己用過數次的，有的卻是簇新的，究竟有沒有方法終止這些無止境的糾纏？

不只談夢想

這些年，我們都喜歡談夢想：劇集、電影、廣告、歌曲、節目、比賽等形形色色的都以夢想為題，教人擁抱夢想、追尋夢想、甚至是創造夢想。過程中，聽得最多的是現在的人都被說成是沒有夢想，營營役役的，大都漫無目標地活著。

其實我們從來不缺夢想，問題是有了夢想以後又怎樣？不能把夢帶到現實又有何意義？

空談夢想費時失事，有夢想就要把它實現。把它付諸實行的過程一定要建基於個人的知識基礎、經濟能力和處世修養，俱備了以後還得看天時、地利、人和，最後你還得具備面對困窘的能耐和堅持。

譬如說一個年青人想要當髮型師，開自己的理髮店。他的父母為他提供了天時地利，辛辛苦苦的把他弄進了職業學院讀髮型設計，兩年後他完成課程，畢業的時候，他應該具備了達成夢想的知識基礎。接下來他要做的是找工作，至少養活自己、更理想的是可以供養父母，然後從工作中學習待人接物等處世之道，再為將來打算。

誰都知道當髮型師必須從當「洗頭仔」做起：執頭執尾、洗毛巾、掃頭髮、端茶遞水等，甚麼都得厚著臉皮去做。其實年青人一早知道自己不能一步登天，他當初認為只要自己有夢想定能堅持下去。數個月過去了，年青人連碰一下剪髮刀的機會都沒有，他開始覺得自己不適合當髮型師。幾天後，他終於辭職了。

後來年青人找了甚麼工作，我不太清楚，只知道他沒有達成當髮型師的夢想。

其實人人都有夢想，卻不是人人都能實現夢想，有了夢想只是一個開始，把它實現才是目標。

夢想不能空談，面對困難就放棄的不是夢想，你給挫折推倒後仍能爬起來，繼續堅定不移地進發的，那才是你的夢想。

淺談手作

「手作」不是新鮮的事物。古時候，人們的衣、食、住、行統統都是「手作」：你要衣服嗎？要得動手縫製；你要食物嗎？要得下田出海；你要房子嗎？一磚一瓦都要自己蓋起來；你要出門？木頭車、馬車都是木匠的手工傑作。行有餘力還得多做幾件衣服、多做幾雙布鞋、多種幾棵菜拿去市場賣，賺多點家用。當然那時候還沒有工廠式大規模量化生產，人人都得靠自己一雙手，事事親力親是最自然不過的事。

自工業革命起，機器取代了大部分人手工作步驟，量化生產有助社會發展，同時漸漸令舊有的手作經濟模式式微。經過幾百年的演化，加上近數十年電腦科技突飛猛進，在工作層面上人們不單止手手腳腳動得愈來愈少，就連腦袋也轉得愈來愈少。從來物極必反是自然定律，當機械化、電腦化去到極致的時候，或多或少成就了近年興起的「手作」事業。然而要為當代的「手作」下一個定義卻不容易，勉強地以最籠統、最廣義的説法演繹，「手作」大概泛指「人手製作」的東西。形形色色的手工作品打著與眾不同、獨一無二、全人手製的鮮明旗號，是對量化生產的一大反動。

如是者，「手作」漸漸成為一眾業餘人士發展自己興趣的調劑品，也成了不少人的創業起步點。縱觀在香港出現的手作類型包括各種飾物（串珠、押花、繞線首飾、滴膠、晶石……）、皮革製品、布藝織品、自製護膚品、香梘、手繪（明信片、手機殼……）等，活躍於市場經營的手作戶沒有上千也有數百個。無疑，很多手作品都是經由手作人精心製作，不少手作人會強調品牌是「非商業」，把自己納入「藝術」、「工藝」、「設計」、「創作」等級別，儘管如此，當手作人選擇要將作品賣給顧客的時候，則無可避免要接受市場考驗。

從來有競爭便會出是非，當一件手作要面向市場，同行的競爭可說是無可避免，雖說手作是「獨一無二」，卻又鮮有見得是「只此一家」。此外，在選擇所專注的手作類型和銷售策略上亦要動動腦筋，想想如何才能令自己的作品吸引顧客、滿足他們的不同需求。舉例說一塊手作香梘，任由你製作過程再複雜艱辛、性質再溫和、包裝再精緻，對一個只用梘液的人來說，也許只是一件沒用的東西。更重要又常被忽略的就是銷售技巧，如何令顧客在五花八門的產品中對你的作品情有獨鍾，除了靠作品本身的吸引力，你有多熟悉自己的作品、多真誠地向顧客講解你的創作理念、多少洞察力去看穿顧客的需要、多強大的說服力去游說顧客等，這些都是顧客會否掏腰包的關鍵因素。畢竟，世上沒有「包生仔」的配方，作品給製造了，不代表顧客一定懂得欣賞。

看到這裡，不少手作人一定會覺得我説的太商業化、滿身銅臭甚至不堪入目，但理想和熱血與受人欣賞和尊重之間的關係從來不是直接掛勾。如果把手作視為純藝術品，那麼一定要有曲高和寡的準備；如果沒打算把手作昇華到博物館或藝術品的層次，那麼你一定要經得起市場的洗禮。

有謂真金不怕洪爐火，但現在香港的確出現了一撮以維護及尊重手作為名，把一切非手作類小店視為次等存在的「手作人」，企圖矮化所有非手作小店，以為如此消滅了「對手」便可為自己的手作拉攏更多顧客。

從來成功的人都是不斷自我完善以適應各種挑戰和轉變，只有失敗者才喜歡將自己的錯誤外向歸因。

為了創業，你可付出多少？

自從刊登小書文章的雜誌停刊以來，我漸漸失去寫作的動力。「懶惰」是人的劣根性，沒有死線在前，我總提不起勁成為一個轟轟烈烈的鬥士。對上一篇認真執筆寫的散文已經數個月前的事，而讀書文章呢？在沒有死線壓迫之下，也就寫過四、五篇而已。其實不要說是寫，就是我用於閱讀的時間也愈來愈少了，最近連路經書店也不敢進去，心中滿是慚愧。想起早些日子買回家的書都給擱在一旁，「買書」這個動作只成了單純的、填補心靈空虛的購物行為，罪過罪過。

親朋好友總問我：「你很忙嗎？都在忙甚麼呢？」是的，這一年的確忙了許多。打從決心創業起，這條路走了多年，雖然一般日常運作都可說是駕輕就熟了，但過程沒有比想像中容易，因為我知道公司的基礎打穩後，如果原地踏步只會是絕路一條。這些年，我們跟更多不同的機構合作，活動辦多了，應付的合作伙伴和客人多了，問題自然也就多了。每一年經歷不少風浪，猶幸關關難過關關過，每一天都有新挑戰，每一次挑戰都學多一點東西，路程雖然艱辛，但起碼沒有虛耗光陰。屈指一算也都數不清連續過了多少個工作至深夜就倒頭大睡、睡醒便立刻工作的日子了。

常奇怪在那些有關創業的訪問中，受訪者總會說或被說成了他們因為創業犧牲了些甚麼（是記者提問太過具引導性嗎？還是報導手法的問題？也可能是讀者需要……），有的犧牲是一份高薪厚職、或是與家人好友共聚的時間、或是多少的青春汗水。其實一切也就是取捨和權衡罷了，如果你當作是「犧牲」，那好像說明你有點貪心，魚與熊掌也想兼得。

創業是一條不歸路，路上你注定成為孤獨的少數。常言道：「創業難，守業更難。」這個「難」難在承擔責無旁貸的大小事務，因為公司是你的；更難在許多不足為外人道的辛酸。很多看起來很容易的事，到真正要動手做了，才是考驗你真功夫的時候。

早些年很多人都憧憬開個屬於自己的咖啡店，每天活在悠閒的咖啡香之中。如果你也是這麼愛幻想的一群，那麼，請你千萬別創業。

| 小書在小書舍留影

| 看到讀者在「小書舍」中看書，很開心！

少年，你太年輕了！

某個星期日下午五時左右，我聽到以下對話：

一個以「板仔」穿搭（即滑板風格，通常都是較寬鬆的衣服，適合滑板運動並能提供保護）、其貌不揚微胖兼有肚腩、經我目測大概是二十二歲左右的中國藉男子跟旁邊坐著的女生說：「喂，讓給我坐啊！剛踢完足球整親個膝頭，好痛呀！」聽罷女生隨即讓座。

男生語帶輕挑地繼續說：「嘩，踢完足球好爽，又可以呃多日假！」

女生好奇地問：「怎樣呃多日假呀？」

男生刻意提高聲量、得意洋洋地向其他人示意說：「我今日十一點返工嘛，本來星期日我是放假的嘛，這樣我便可以補假了！我今天早上十一點已經返工擺攤了，對嗎？」

我在某個創意市集的攤檔聽到以上對話，當時我不是活動主辦人，也不是逛市集的客人，而是他鄰檔的檔主。

說到這裡，可能大家已猜到是怎樣的一回事：那個「板仔」穿搭、其貌不揚微胖兼有肚腩、經我目測大概是二十二歲左右的中國藉男子偷懶沒有在早上上班當值，只派遣一名無知女生替他擺攤，而他則風流快活到下午五時才到場，而市集將會在晚上八時結束。

大概男生踢完足球後有點亢奮，在餘下的兩個多小時說過沒停。我忙著工作，早已經沒有細心聽他說些甚麼。只是依稀感受到他喋喋不休的氣

場和音波，直到臨近八時，他再次刻意提高聲量……

肚腩男說：「喂！我頭先問佢這個場地租金一日要多少錢，他說二萬元一天而已！很便宜呀！我租一日自己開個派對也好啊！」

他的幾位友人隨便說了些甚麼，算是敷衍地回應了他。

肚腩男繼續興奮地說：「不如下次我賣波鞋啦，我見到有人賣波鞋好似賺很多錢呢，我家裡有很多對限量版波鞋呀！每對值數千元，我標價賣五百元一對，買就買，不買就過主！」

終於到八時正，肚腩男與友人收拾好物品，邊離場邊說要去慶功。我奇怪，肚腩男那兩天市集其實只賣出一至兩件貨品，連兩天共八百元的租金也要蝕本。

其實在十多次的擺檔中，我見過不少十分落力向客人介紹自己的手作創作或自家品牌、笑容親切的檔主，他們視每一件作品如己出，投入感滿分。

但當中的奇聞異事也不少，除了上述的肚腩男外，我見過全程玩手機的低頭族、開好檔就去了行街而不睇檔的店主、在不足一米半長的桌子後聚了六、七個集看檔、閒聊、解悶、造勢等功能於一身的「親朋好友團」的攤檔、把現成貨品說成是自己的手作製品的「手作人」。

我無意以偏概全，但這的確反映了部分人工作或處事的態度。現在流行講夢想、講創業、做自己喜歡的工作、不做打工奴隸云云。但少年啊！你可知道在夢想的背後，你每天還要吃飯？沒有責任心、連自己也養不起自己的人是沒資格談夢想的。少年啊！多在社會混幾年、汲取多點經驗、吃多幾次虧、捱多幾年苦才出來尋夢，總比一畢業／未畢業就發夢走少幾千里冤枉路啊！少年啊！你現在一定已經在用粗口謾罵我了！少年啊！何不多等幾年看看我說的是否中聽才罵我？

少年啊！你太年輕了，我不得不羨慕你有比我多的時間！我真的羨慕你們！

| 第三屆書墟文化節活動剪影（攝於二〇二一年五月）

世界那麼大，她正在看。你呢？

記得多年前在網路上，一封內容只有一句：「世界那麼大，我想去看看。」的辭職信被廣傳，紅遍網絡。故事的女主角、河南女教師顧少強在當地的中學當了十年教師，這份工作是很多人趨之若鶩的「鐵飯碗」。

辭職後的幾個月，顧少強跟男朋友結婚，定居成都，這一天也是他們共同經營的客棧的開幕日。

打從辭職信在網絡流傳開始，顧少強成了記者的追訪對象，她的故事也成了網民熱話，紛紛讚揚她勇氣可嘉，也羨慕她敢於追逐夢想；當然也有指她嘩眾取寵、搏宣傳的。

她的故事順理成章地被媒體以慣用的手法報導：先是浪漫、傳奇式的渲染，繼而揭祕踢爆，最後送上的就是一個煽情的結局，再過幾年事情被人淡忘以後，會再有一些尋訪式的追訪篇章。早在辭職信流傳後的兩、三個月，已經有媒體「踢爆」顧少強沒有如網民所想一般的去環遊世界、到處流浪、體驗民間疾苦云云，而是跟男朋友去成都籌備開客棧，彷彿一下子她就成了「世紀大騙子」，騙取了一眾網民對她的期許和支持。

我們的思緒或多或少都被媒體影響，大銀幕上的明星主角出走現實、環遊世界、轟烈的愛情、艱苦過後所修成的正果，統統成了我們對「去看世界」的刻板概念。顧少強辭職的事稍經媒體誇張放大，立即成功引起一眾受工作壓迫、厭倦自己工作的一群的共鳴，迴響處處。再一次，我們的情感和思路輕易地被媒體牽著走。

儘管顧少強沒打算要做出驚天地泣鬼神的創舉，她放棄的也可能不如

我們幻想中的多，但至少她踏出了自己的舒適區，做了很多人敢想不敢做的事情，這是鐵一般的事實。遇到相愛的人後，顧少強的心願變成了「世界那麼大，和你一起去看看。」

在網絡信息流傳急速的年代，我們每天坐在屏幕前接收海量的資訊。今時今日我們都能不出門知盡天下事，然而當你以為自己靠網絡便可能讓「世事都被你看透」的時候，其實很多人已經換好衣裝、穿上鞋子，比你走遠了很多很多。

是的，世界真的是很大很大，她已經在看了，你呢？

| 小書舍

戀愛定格

那天我走得特別慢，慢得好像身邊的一切都給凝住。

我踏出車廂，在月台上朝著扶手電梯的方向走，耳機裡正播放著王菲的〈致青春〉，才走了幾步，我不知怎麼就轉頭回望車廂，好像要尋找甚麼似的。

今天的車門比平時的關得慢，就在我轉頭回望的那一刻，我看見車廂內有一對穿著校服的小情侶，女生束一條馬尾，輪廓分明；男生的短髮整整齊齊，仍帶幾分稚氣。我見到的就只是他們的側面，因為他們坐在椅子上合上眼睛，跟對方面對面的，鼻尖和嘴兒輕輕的碰著，正陶醉於彼此的氣

息之中。

這是一幅浪漫的圖畫，我羨慕，羨慕他們的旁若無人。

我踏上扶手電梯，沿著熙來攘往的通道往另一邊的月台。通道內的人來來往往，當中吸引我目光的就只有在我前面不遠處那一對手挽著手的男女。他們衣著入時，女的穿著白色背心上衣、迷你短褲和尖頭鞋，男的穿著紅色格子恤衫、卡其色修身布褲和籃球鞋。雖然那對男女各自把玩著自己的手機，卻又不時跟對方談論手機熒幕上的動靜，縱使他們的目光都只集中在手機上，但從他們的一舉一動，我知道他們彼此支持著對方，至少，他們互相依傍，就算眼睛沒有看清楚前路，他們也會一起走下去。

這是愛情的盲目，我羨慕，羨慕他們的不顧一切。

我離開港鐵站，繼續往前走，走著走著，終於回到課室。站在講壇的位置，課室內的一切都一目了然，鐘聲一響，我開始授課，十數分鐘後，那對小情侶終於趕到課室。他們坐在課室一角，時而嬉笑，時而專心抄筆記。不久之後，那女生更用墨水筆在男生的手臂上寫起英文字來，男生似要反抗，卻在臉上流露出得意洋洋表情。我看著他們，沒有因為他們在課室內分心而感到生氣，反而為他們的率性和純真而微笑。

這是二人間簡單的快樂，我羨慕，羨慕他們的兩小無猜。

愛情從來都是值得細味的事情，最理想的是能夠把甜蜜的時刻永遠定格，可惜往往都是事與願違。

他和她

她拉開衣櫥的摺門，那個曾經堆滿衣服的地方空空如也，只剩下一條灰白格子毛頸巾，款式就跟她這時戴著的一模一樣。

她離開的方式一點也不決絕，但卻像癌症一樣，會擴散，會蔓延。

一個月之前他已經開始對她很冷淡，總找藉口疏遠，直到最近他不再回來。她當然心痛焦急，電話、短訊、電郵……他總是沒有回覆。昨天，他終於傳來短訊，說今天會在她上班不在家的時候回來拿衣服，她想他應該是要拿幾套衣服替換，還安慰自己他只是想暫時冷靜一下。下班的時候，她故意發個短訊問他離開了沒有，說免得大家在家中碰面尷尬，其實她就是想見他。她在附近的公園呆坐了一個多小時，他沒有回覆。

公園離家那十分鐘的路程，她走了半小時，到家門口的時候，她還在猶豫。門是鎖上的，她幾乎肯定他已經離開。她第一時間走進房間，拉開衣櫥的摺門，呆了半晌就哭著致電友人說他把所有衣服都帶走了，雖然他仍有很多東西留在這裡，但她知道它們會逐點消失。

接下來的兩個星期就像癌症的治療期一樣，她一天比一天痛苦，身體和心靈也每況愈下。每隔三兩天他就會趁她上班的時候回家收拾東西：鞋子、書本、電腦、電子琴……她每天下班之後都不敢回家，往往在外頭流連至夜深，但回家以後總是忍不住把家裡每個角落都檢視一遍，看他帶走了甚麼，其實更重要是看他有沒有給她留下甚麼。

其實就在她知道他要離開的時候，她已經把自己從前送給他的東西全都放在盒子裡，擱在他的案頭，裡面還有一封她含著淚寫的信。她在短訊中叫他把那個盒子帶走，他答應了，她好像要自己狠心一點，其實就是想他看到那封信。

他的痕跡漸漸褪去，現在就只剩下幾件樂器和那個盒子。她以為自己麻木了，但就在那個晚上她崩潰了，他終於完全消失，更壞的是他沒有領走那個盒子，那是一個清晰的信息：她不再是他生命中的任何部分。

半年過去，盒子一直擱在案頭，旁邊是那條灰白格子毛頸巾。她的心情逐漸平伏，至少她不會再對著盒子痛哭，她知道自己就是等有一天能夠拿出勇氣把盒子丟掉。

原來時間是最好麻醉藥，過程痛苦一點，就是要我們深刻一點，不要再重蹈覆轍。

選擇

愛情（又或者是人生）從來都是一個接一個的選擇。

愛上他／她之後，你要決定是否跟對方表白：猶豫不決的人會思前想後，自尋煩惱；決心表白的話，又得想想怎樣才可穩操勝券。

兩個人一起了，每天都要作很多決定：今天能抽空見面嗎？往哪裡吃飯？週末看哪套電影？紀念日買甚麼禮物？下週末去哪裡拍拖？今年的長假期去哪裡旅行？

決定結婚的，就要決定在哪裡擺酒？宴請哪些親友？哪裡拍婚照？買樓還是租樓？往哪裡渡蜜月？生不生孩子？

面臨分手時，拖泥帶水的就得糾纏在痛苦中反覆思量，明明這刻下定了決心，下一秒就推翻了自己；決絕的人也得想個合情合理的理由或等個天時、地利、人和的時機跟對方離別。

兩個人之間的愛情，隨時日流逝，往往會被一個又一個的決定沖淡，能夠互相尊重、彼此相愛、堅守終老的是幸福的少數。

曾經看過一套德國電影《被戀愛的祕密》，電影中的女主角活在八十年代共產政權下的東德，她正在密謀與西德的情人遠走他方，卻被政府放逐到鄉村醫院工作，政治因素迫得她要跟男朋友分開，每天受著嚴密的監視。由於二人正密謀一起逃亡到海外，他們每次見面也得行色匆匆，怕被人識破。從女主角幾次跟她男友短短十數分鐘的相聚、纏綿和她決心要冒險跟他遠走高飛看來，我知道她很愛他。直到她跟一位負責監視她的同院醫生互生情愫之後，事情便起了微妙的變化，她開始思考，她面臨抉擇，究竟要冒險逃到一個陌生的國度，還是留在簡樸的鄉村過活？正當她猶豫之際，一件突如其來的事情使她果斷地作好決定，選擇好一切，劇情最後並沒有交代女主角往後的生活如何。

有時候，我們害怕面對選擇，甚至不敢下決定，怕自己會選錯，後悔不已。也有些時候，我們見到另一半猶豫未決，心中一焦急，就會在不知不覺之間給對方抱怨幾句，施加一點壓力，以為這樣就可以催促對方快點作個決定，可惜彼此的關係總會逐點逐點在這些催逼之中漸漸破損。

要給決定的始終會得到一個答案。

我說女主角會得到幸福，因為那是她為自己下的決定。

荔園

一九九七年三月三十一日，荔園正式結業，我沒湊上那次最後的熱鬧，只是從電視新聞看著有關報道，印象中，從孩提時代起，我有不少在荔園拍的照片。

小時候最喜歡荔園的「過山飛龍」，媽媽、姐姐陪我排隊玩，父親負責拍照，一玩就是三、四次。它當然不夠海洋公園的機動遊戲刺激，但它為我乘載的回憶卻能超越時空，至少二十多年後的今天，我仍記得。

我仍記得踏上那個金屬支架樓梯，才幾級已經走完，紅色主調的飛龍列車顯得陳舊，卻無阻它的「飛行」速度。那時候不知天高地厚的我總以為

「過山飛龍」是最快的車(「世界上」的概念還沒成形),大人們都詫異我膽識過人,令我沾沾自喜。

還有那個早已被荒廢、遺棄於某個角落的迷宮。也不記得是誰領頭走到那裡,迷宮由幾塊木板搭成,那些被歲月洗刷而日久失修的木板油漆已掉得七零八落,當中的一、兩塊更已像危樓般倒下。最令我難忘的是抬頭從木板夾縫中望到的那片天空特別的光亮,跟那氣數將盡的陰暗迷宮成了強烈對比。媽媽、兩個姐姐和我在走道左拐右轉,很快我們就找到出口,這是我目前為止唯一走迷宮的經驗。

荔園的回憶裡還有哈哈鏡、搖搖船、看著媽媽和姐姐掟香口膠(我還未夠高掟!)、爸爸抱著我在門口那塊木牌扮超人拍照(頭部給開了個橢圓形讓人把頭放在後面的那種)、跟外婆一起撐的大水泡船、那些看了也分不清是甚麼的動物,就連天奴我也有緣見過一面。

曾經聽很多前輩朋友說過，那時候還有一個啟德遊樂場，位於九龍彩虹道，一九八二年四月正式閉幕，我趕不上它的終結。小時候家住慈雲山，搭巴士外出的時，經常經過啟德遊樂場的舊址（即是現在的彩虹道遊樂場），我實在難以想像在新蒲崗工廠區這樣擠迫的地方會有摩天輪、單軌火車、碰碰車、旋轉木馬等大型遊樂設施，聽說裡面還有粵劇和歌星表演，也有戲院放電影。

遊樂園終有結業的一天，但留下的美麗回憶卻抹不掉。

荔園的「過山飛龍」

指甲驚魂

鄰座的男乘客把手擱在椅子的把手，那左手尾指既長又枯黃的指甲立即引起我的注意。噢！原來他其他的指甲也明顯「日久失修」，目測至少長五毫米！我腦海頓時泛起了種種恐怖的幻想：他會用那些指甲抓頭搔癢，把指頭送往鼻前一嗦，然後用姆指熟練的把油垢從尾指甲縫中去掉；他也許會用上那根尾指挖鼻，把鼻垢從指甲縫中彈出，然後那鼻垢意外地落在我身上；也許一會空姐派餐點的時候，他會好心的助我一把，把餐轉遞給我；也許、也許……想到這裡，我已本能地把身子往靠窗的一邊挨近，像快要跌出機艙似的，我默禱著，希望他一會倒頭大睡，忘記自己那些指甲的存在。

其實男士們留長尾指指甲不是新鮮的事兒，有時候我倒覺得這是情有可原的。男生的手比女生的粗，在處理細微的東西時，譬如説撕掉一些標貼或是拿起一些幼細的電線之類，留著指甲的確是方便得多。然而，當這些指甲被忽略而變得難看（因工作無可避免弄污手指的一類，如修車師傅、工地工作人員等除外），甚或是在公眾地方被肆意濫用，那就是情理難容了。

説著説著，其實女生的美甲也可以是一件礙眼的事。那些「美甲」、「護甲」和「GEL甲」，在一片小小的指甲上塗個五彩繽紛，貼滿珍珠、閃石和小花，如果純粹當是裝飾般看看尚可，但每當想到她們的手指要在鍵盤上打字、拿起大大小小的文件夾、掛起一件件的衣服或者是幹些其他甚麼活的時候，我總會連帶想到她們的指甲油給刮花、貼上的裝飾給弄壞、指甲給弄斷的情景。你説這是多麼不方便、多麼尷尬、多麼多餘的！

小時候家裡有一大盒指甲油，因為媽媽和姐姐偶爾也會塗一下，我自

然也曾「貪得意」塗過幾次。可我的手長得粗糙，一點也不好看，而「男仔頭」性格的我喜歡到處亂跑亂碰，沒有留長指甲的習慣，長大後絕少穿戴配飾，更遑論是為指甲打扮一番了，這該是婉惜還是值得慶幸？

其實指甲的狀況往往透露你的處事態度。十隻乾淨整齊的手指頭配上修剪得宜的指甲能夠予人做事一絲不苟的爽朗形象，而指甲的表面也不能忽略，指甲暗淡無光可能是衰老的跡象，也可能是貧血、糖尿、營養不良的象徵；指甲表面不平可能是牛皮癬或炎性關節炎的早期表徵；而「月牙痕」（也叫「健康圈」）也值得留意，它們會隨著年齡的增大而愈來愈小，顏色也會由白變暗。月牙並非愈大愈好，健康的人月牙面積大概是指甲的五分之一，如果月牙面積小於指甲五分之一，則表示精力不足、腸胃吸收能力差；月牙大於五分之一時，多意味心肌肥大，易患心腦血管、高血壓、中風等疾病。一個健康的人，在三十歲時，手指上的月牙應該保持在八至十個；

在四十歲時，至少應該有六個；到六十歲時，最少應該有一至兩個，通常情況下，維持在八至十個是最理想的狀態。

總之，指甲實在是透露個人性格及健康的一道最容易被自己忽略、卻最容易讓人發現的線索。

寫著、寫著，飛機準備起飛，我已進入高度戒備狀態！

說謊的影像

時代的進步彷彿令人忘記影像會說謊的事實。

大學的時候，我參加了一個攝影課程，初次接觸到有關美國著名的作家和評論家、著名的女權主義者蘇珊・桑塔格（Susan Sontag）對相片的一些觀點。她讓我知道相片所呈現的不一定是真實，我們選擇相信相片的真是因為我們相信自己的一雙眼睛，然而相片背後往往隱藏著比我們肉眼所見的更多、更複雜的東西。

現今我們的生活每一刻都受不同的傳播媒體影響：我們每天看的網上節目、候車的巴士站、巴士和地鐵的車廂中，無不充斥著各式各樣的錄像資訊，無論我們是否願意，我們都或多或少都在看著這些「表演」。傳播媒體的魔力很大，它們那種鋪天蓋地、迅雷不及掩耳的形式令我們沒有時間去思考、甚至從不懷疑片段背後可能隱藏的其他可能性。

各個媒體每天都向我們傳遞不同資訊，又由於我們都覺得在網絡、電視、電台等媒體播出的東西都不會是假的（可能是因為我們知道媒介播出的東西都會受廣管局監察吧），因此我們對見到的影像都不會有絲毫的懷疑。我們都傾向於相信媒體，更確切的是我們都傾向相信自己相信的媒體。

漸漸地，經媒體所傳遞的資訊就成為了我們生活經驗中很重要的組成部分，有時候，我們甚至會把從傳播媒介中看到的影像當作自己真真實實地經歷過的東西一樣，兩者的界線早已十分模糊。

就拿一年一度的馬拉松為例，每年十月左右我們總會在電視、電台、網路和街上的廣告牌接收到有關馬拉松的資訊，例如舉行的時間、地點、

有哪些明星已打算報名參加、今年的賽道如何設置、往年參加者分享心得等等。久而久之，馬拉松就好像成為了一年一度城中的盛事，人們一想起馬拉松就會想到特首主持起跑和參賽者扮鬼扮馬的場面，好不歡樂。

每年的馬拉松賽事的確是一個媒體影響我們生活經驗的最佳例子之一。在媒體的報導下，很多人都覺得參與馬拉松是一件嘉年華式的樂事。一有機會，很多人都會想去報名、甚至真的報名去參加，就算明知自己完成不到賽事的全程，至少也得穿著大會獨一無二的T-shirt，在公路中央拍個照，証明自己切切實實的經歷過。

但你可知道每年在六萬多的參加者中，約有一萬人沒有出席比賽？你可知道主辦機構每年都不會公開馬拉松的收支賬目，參賽者和贊助商的錢往哪裡去了？「我們所接觸的每一樣事物，都經過媒體的中介、轉化、荼毒。」還是傳播學者史瓦史東（Roger Silverstone）説得對，我們應將此謹記，不要輕易相信自己的眼睛，還請要用腦去好好過濾和分析所得的資訊。

取名字

我的祖母和姨婆叫五妹和六妹，小時候好奇，問媽媽為何她們的名字是數字。媽媽說她們是對雙生兒，家中排行第五、第六，老一輩重男輕女，父母為女兒改名不會花心思，只得按出生順序取名。

這個世代不同，父母不會多生孩子，男的女的都是小王子小公主，改名豈能兒戲？

為快要出生的孩子取名字是喜悅，也是煩惱。

父母心中總有一連串考慮，「不怕生壞命，最怕改壞名」，既要名字不老土，也要名字有深度；不要名字落俗套，也不可令名字成笑柄。

最常見的取名方法是按父母的喜好，把好聽、順耳的字放在一起，深層次一點的可能是用上有意境、有意義或有宗教意味的字，好讓孩子銘記父母的期許。

「雪影」、「如詩」意境濃；「顯宗」、「敬賢」意義重；「主保」、「恩澤」帶神聖。

有不少父母肯花錢請個風水大師替孩子改名，鐵版神算、易經、乾坤、八卦等，批好時辰八字、算盡金、木、水、火、土相生相刻、也得配合孩子的長相，最後大師提供幾個選擇，父母再選定一個，心安理得。

也有父母想為子女改一個別出心裁的名字：「帝豪」夠氣派；「雨果」、「爾德」夠文藝；「小紅」、「一藍」夠繽紛；「湯舜」、「威廉」、「美姬」帶異國風情；單字的如「天」、「命」、「強」則最夠酷！

拿不定主意的父母，或會請教祖父母、姨媽姑爹或四方好友，總之在孩子出生後四十二天內總得取好名字，辦妥領取出世紙的手續。

怎說也好，現在的孩子應該比從前的孩子幸福，起碼現在不會有父母因為想追個男丁而把女兒的名字改成「帶娣」、「招娣」，也不會有父母因為孩子五行所欠而把孩子的名字改成「帶金」、「帶水」！

你的名字有故事嗎？

都市聲音

我聽到，那是卡通片的聲音。

這一次是在九龍塘，我在小巴上，看到一輛七人家庭車在車窗外駛過。駕車的應該是媽媽，不同的是這次車內載著兩個小孩，一男一女，大概都是三、四年級生，他們沒有坐在一起，而是分別坐在車廂內靠左的第二和第三排。

車內設備先進，兩位小孩前面都是屏幕，他們邊吃著蛋糕，邊注視屏幕，我聽不見他們的笑聲，我知道車廂內只有一片靜默，和那卡通片的聲音。

我下車，再登上另一輛小巴，等客滿開車之際，大開「耳」界。

駕車的是一位身型略胖的中年女司機，穿粉紅色的襯衫，好不鮮艷，而她跟友人談電話的內容更是叫我畢生難忘。

「佢叫我X買保險就乜X都得，而家問X佢有無X得賠又X話無！」

「XXXX佢XX切到隻指甲都有X得賠啦XXXX！而家話無，X佢當我唔X識野呀？」

「我打電話問X佢幾次啦，XXXX，我X完佢一次，再X佢一次呀！X！」

「我XXXX，講買保險佢X識咩？嬲仔佢就叻，XXXX。」

「又X話咩如果人地告X我就無X得賠，我XXXX。」

我不禁冒著生命危險錄下了她的部分說話，不知為何，我愈聽愈想笑，我怕自己失笑，最後只好戴上耳塞聽歌了。

下車後，我終於可以除下耳機。走過住處附近的街市，耳邊傳來的又是另一番滋味。與其說那裡是一個街市，不如說那是一個墟，因為那裡不只賣活魚鮮肉和時蔬，也有糧油雜貨、熟食、衫褲鞋襪、報紙書刊等，兩、三條橫街上應有盡有。墟市內的生意競爭頗激烈，商販除了親身落力叫賣外，也懂得利用科技提供的便利，把一段段的聲音錄好，不斷重複播放。

「陳記鮮肉，今日新鮮豬肉大優惠，全部八折，全部八折，仲唔快啲嚟買？」

「輝記家品，全部特價發售，輝記家品，必屬佳品。」

「正宗潮州鹵水鵝，特價每隻八十五元，仲送鹵水豆腐一件。」

連綿不斷的廣播，襯托著商販們落力叫賣的聲音和顧客們的一言一談，嘈雜卻親切，全部都是有血有肉的聲音，實在得很。

回到家中，我家貓兒喵喵叫的歡迎我，甜在心裡。

我慶幸，這都市裡有著各式各樣的聲音，我從不寂寞。

踮腳

下班，登上小巴。

從公路到隧道，由街口再轉入橫街，那個司機的腳一直都吸引著我的目光。我不是變態，也沒有戀腳癖，只是我真的打從心底裡佩服他，他那踮過不停的左腳，真是令人只嘖嘖稱奇！

我不懂駕車，不知道左邊是油門還是剎車掣，但看著那司機有如啄木鳥般高頻率地踮著他的左腳，我心中泛起無數的疑問：

1. 他在狂踮，為甚麼車子不會「窒下窒下」？

2. 他踮腳的時候，心中在想些甚麼呢？

3. 在那狹小的司機位踮腳，他會否撞到膝蓋？

4. 是不是他的腳有事，所以要保持踮腳以令血液循環？

5. 踮腳是不是很爽的？

6. 那究竟是心癮還是習慣還是反射動作？

下車的時候，我不禁在走近車門的同時再看了他的腳一下，很神祕似的。

究竟人為甚麼要踮腳？我不是性別歧視，的確是男人踮腳的比例較高。那是因為生理上的構造還是心理上的因素令男人們大多數都喜歡踮腳？起初我以為只有大叔才會踮，直至我在學校裡見到那些十來歲的男生都會踮之後，我才發現踮腳是沒有年齡界限的。不知道男人是不是覺得踮腳會令自己「更型」呢？還是踮腳是人類進化多年後剩下來的優良習性，用來吸引異性？

「人搖福薄，樹搖葉落」究竟是不是真的？

「男抖貧，女抖賤」又如何？（原來踬腳的書面語是「抖腳」！）

唉，只是見到一個小巴司機在踬腳，想那麼多東西幹嗎？

助人自助的實踐

人人都有幫助別人的經驗，那怕你只是借一枝鉛子筆給你鄰座的同學，又或許是給迷途的路人一個指示，那都肯定是個愉快的體驗。

中學時我第一次當義工，深深體會助人為快樂之本的道理（很老土吧？）。那時候我和幾個同學每星期放學也會有一、兩天的時間到學校附近的兒童之家教家舍的小孩做功課。我們每人都獲配對一位小朋友，做她們的輔導員。除了教她們功課之外，也會跟她們在家舍內打球、談天。被分配給我的是一位蓄短髮的、活潑開朗的小女孩，她大概是因為家庭問題而搬進兒童之家，除了上課外，很少外出的機會，所以她對我們這些「外來者」都好奇得很，常常喜歡問東問西，説個不停。

記得那年聖誕，我送了一隻很大的中國娃娃毛公仔給她，她歡喜地抱著它跳上碌架床，然後把它小心翼翼地放在被窩中，那情境我仍然清楚記得。雖然我不是幫小女孩解決了甚麼大難題，但那份因她快樂而生的喜悅，至今仍觸動著我。後來因為沙士（二〇〇三年的嚴重急性呼吸系統綜合症全球性傳染病疫潮），到兒童之家的探訪暫停了，由於要保護孩子的私隱，我們又不可以私下聯絡她們，到後來疫情完結，又得準備考試，結果探訪計劃便不了了之。

往後在大學的日子我都參與過不少義工活動，有擔任參與者的，也有擔任策劃者的角色。印象比較深刻的是當邊緣青少年的朋輩輔導員、在社區中心當文字義工回覆小朋友的來信和到弱能兒童學校教小朋友做勞作等，

這些寶貴的經驗絕不是幾張證書可以說明的。看到他們的笑臉、收到他們的感謝卡和聽到他們說聲謝謝等都是金錢買不到的幸福。

投身教育後想推動學生多參與義工活動，但一點也不容易。我曾經帶過學生到老人院探訪，他們承諾要為老人家表演，但最後甚麼都沒準備。早作最壞打算的我播放預先準備好的音樂，拿著咪高峰唱了整整一首聖誕歌，而學生們就因為害羞怎也不肯開金口，結果成了我這位老師的個人秀，那次我感到尷尬，也有點氣餒。幸好經過幾次實戰之後，學生們都成熟了，有好幾次跟公公婆婆的表演和遊戲都由他們自己主理，我只從旁協助。探訪完結後，聽到公公婆婆的稱讚，他們都高興得不得了。

其實要令學生體會到助人的喜悅，也不一定要他們做義工。記得有一年的聖誕節，我請一班中二的學生寫信給聖誕老人，作為英文科的習作，我還告訴他們聖誕老人真的會回信，成全他們的願望。及後，我把信交到一班中五的同學手中，那一班同學的英文程度不好，但他們的鬼主意多多，叫他們回信一定會笑料百出，所以我仍希望他們盡力回覆學弟學妹的信件，結果他們都認真地回信了，有的還在信中畫了些聖誕老人和聖誕樹。當那一班中五的同學知道學弟學妹們收到回信十分喜悅後，他們口裡雖然笑那些中二的是傻瓜，但從他們的眼中我卻看到絲絲的自豪感。

現在不少學生抱著那施捨給予的心態、為了儲活動證書、拿獎勵而去做義工，當然也有不少是發自真心的想去幫助別人的。無論怎樣，我都希望他們最終會感受到幫助別人的滿足感，發自內心的去幫助別人。

我的音樂之旅

很難想像沒有音樂的世界，無論是上學或上班的旅程中，還是一個人在家的時候，除書以外，音樂就是我另一個不可或缺的心靈慰藉。

我第一個接觸的、用來播放音樂的設備是一台爸爸買的 Hi-Fi，牌子早已忘掉，但大概也不會是便宜貨。因為那座 Hi-Fi 的體積對於當時仍是小學生的我來說是很龐大的，大的東西一定不會便宜，加上爸爸對電子產品的質素一向要求甚高，所以我肯定它一定是很貴的東西。那座 Hi-Fi 之所以引起我的注意，全因為二家姐。

我的小學每逢週六行長、短週制，每逢不用上學的星期六，我都喜歡看預先錄了在錄影帶中的《唐伯虎點秋香》，粗略估計我看過這套戲百多次，幾乎所有情節及周星馳的每句對白我都記得：「9527」、「燒雞翼，我鍾意食。」、「賞花賞月賞秋香」……那時候，我對這套戲簡直是入了魔似的，不看過不心息。但讀中學的二家姐就偏喜歡跟我爭，我要看錄影帶時她硬要用 Hi-Fi 聽她的 Beyond，而且還要把音量調到最高，吵耳到不得了！年紀小的我贏面少，很多時候我都只好讓步，如是者「仍然自由自我，永遠高唱我歌，走遍千里，原諒我這一生不羈放縱愛自由，也會怕有一天會跌倒」、「amani nakupenda nakupenda wewe，祂主宰世上一切，祂的歌唱出愛，祂的真理遍布這地球」、「細雨帶風濕透黃昏的街道，抹去雨水雙眼無故地仰望」和那座 Hi-Fi 就跟我渡過了不少週末。也記得家駒意外身故的時候，二家姐哭得像豬頭一樣，媽媽當時還說可能自己死了她也不會哭得這麼厲害呢！

記得未擁有自己的隨身聽時，大家姐的 Discman（光碟隨身聽）是我經

常渴望可以據為己有的東西。長大後，我第一部擁有的、可隨身攜帶的音樂播放器是一部SONY MD機，是中五謝師宴時幸運大抽獎的禮物，銀藍色的機身，比我的手掌還要小的體積，更重要是它是當時流行時尚的指標，一下子它便成了我的新寵兒。把歌曲弄到迷你光碟中，然後把它放入機中，按下按鈕，音樂響起，好不瀟灑的樣子啊！後來在一次兒童之家的義工探訪中，我把MD機借了給家舍中的小妹妹，再後來沙士襲港，義工探訪計劃停上了，MD機也沒了。

失去MD機之後，它的位置很快被MP3機所取代。我第一部MP3機是"YES"牌的，是個半隻手掌般大小的長方盒子。雖然小小的數碼顯示屏只可以顯示英文字母和數字，但它的歌曲容量可真驚人，依稀記得我當時載入了數十首歌在內。每次總是未聽完所有歌曲便會到達目的地，我的旅程從此不再孤單。可惜不到一年，那部機便壞掉！害怕一個人在街上走的我立刻苦苦哀求爸媽送我一部 iPod nano，型格的黑色外殼配上銀色鏡面，輕巧纖薄的機身和千多元的身價令我這個物主不禁沾沾自喜。如是者大學的時候我每天上、下課都與它作伴，而裡面的歌曲就是我青春的見證。

又不知怎樣，漸漸我懶惰起來，連更新 iTune 的時間和力氣也不願花，iPod nano 就被擱在一旁封塵了。不久出現了智能手機，我便把心一橫把歌曲都載入手機中，雖然手機的記憶體不大，但勝在不用另帶一部機器在身，於是我便開始了用手機聽歌的日子。線上音樂平台的興起更是方便了千千萬萬用手機聽歌的人，Soliton Music 一開始的時候使用簡單直接的宣傳手法，深藍底紙配上鮮黃色的奪目歌詞，地鐵站、巴士站和的士車身都是見得到，風頭一時無兩。可是我最後還是選了 KKBOX，因為我用的網絡供應商跟它合作推廣，有六個月的免費試用。

如今免費試用期過了，付費的日子終於來臨！在未找到新的替代前，

| 三姊妹

我只好乖乖的付錢，免卻上班途中的孤寂！

不知道下一步的發展會是怎樣的呢？

聖誕禮物

快樂的時光總是轉瞬即逝，每年最期待十二月，因為那彷彿是普天同慶的月份。你們會收到聖誕禮物嗎？是否乖乖的等到拆禮物日才打開驚喜？收到的禮物都合心意嗎？縱然我們不應該苛求要收到怎樣的禮物，但我們對拆禮物的那一刻總是期待的。

不少公司都會趁聖誕假期前夕舉行派對聯歡，或是部門的小型派對，也可能是全公司上上下下一起參與的派對晚宴，相信絕大部分的打工仔都有參與過，因為這或多或少都有一點「俾面派對」的成分，就算再不願意，你也得出席。派對上通常都有「抽禮物」或「交換禮物」的環節，禮物的價值都是預先訂好在一個範圍之內，以免大家抽到的禮物跟自己所付出的價值有太大出入，換言之你得在派對前花點時間去挑選一份既乎合預算又男女皆宜的禮物。

不少商店、百貨都很細心，早在聖誕節前一個多月已開始把大大小小、各式各樣的聖誕小玩意、禮盒或禮品包放在櫥窗的當眼處。價錢由數十元至數千元也有，豐儉由人，確實解決了不少人的煩惱，就算再不願花心思、時間和金錢的人都可輕易買到一份大方得體的禮物。

然而，儘管為派對買禮物只會花掉你人生中一丁點的時間和人工中的零點幾個巴仙，但總有人連這樣都不願意付出。

我聽過不少有關聖誕派對「抽禮物」的趣事，例如同事甲曾經抽到一本Lonely Planet 的意大利旅遊指南，而且書裡面仍然夾附著一張手寫的行程草稿；身型屬胖子級的同事乙抽到細碼睡衣，還要在眾人的歡呼聲中即場「試穿」；同事丙則試過收到一隻包裝膠紙明顯已被撕開過又被再貼上的水杯；同事丁就試過被眾同事要求立刻拆開剛從物主手中接過禮物，當他見到禮物是某電芯牌子的手電筒贈品時，不僅物主尷尬，連得獎者也自言不知所措。

我當然明白「物輕情義重」和「送禮要環保」的原則，但當你把連自己都不想要和不合用的東西當禮物送給別人時，豈不是又為別人增添多一件垃圾？那豈可算是環保呢？其實在節慶的時候收到一份別人花心思挑選的禮物會快樂得多。

依據多年的「派對」經驗，如果禮物是可以吃的東西、沐浴套裝、護膚套裝或是書券、購物券等，都普遍較受歡迎。至於那些舊物或自己收到而的不合用的禮物，就不如把它們捐給慈善機構或轉贈有需要的親友，那不是更好嗎？

既然節日送禮已經成了現代人生活中一個不可或缺的部分，我們何不慷慨地把自己的祝福和心意透過這份小小的禮物送給別人呢？畢竟一年才得幾次送禮的機會吧！

倒數

十二月三十一日，你會外出倒數嗎？

印象中，我從沒有試過在除夕到街上倒數迎接新年，但我卻不是那種對倒數「極度討厭」、覺得它是「異常無聊」的人。反之，我很喜歡看到別人倒數時的歡樂場景。

十多年前，當你一提到「倒數」，人們立刻便會想到銅鑼灣時代廣場的蘋果倒數，就算你不能親臨現場，電視台都會直播那裡的「倒數」活動，讓你猶如置身現場般見證踏入新年的一刻。自從時代廣場的「倒數」停辦以後，世貿廣場、APM、奧海城、荃新天地以至屯門市廣場等香港、九龍、

新界大大小小的商場都紛紛趁除夕辦倒數派對，邀請明星紅人到場助慶，與眾同樂。除了參與商場的倒數派對外，相約朋友、伴侶一同吃飯直落倒數也是個不錯的選擇，當然，也有很多人像我一樣選擇靜靜地在家迎接新的一年。

雖然不少人説「倒數」是無聊、多餘的事情，但我總把它看成一個對過往一年的歡送和迎新的晚會。無論你這一年是否過得順意，每年十二月三十一日都像是一次免費的重生機會，你可以在23:59時跟不順意的、冒犯過你的或令你跌過痛過傷過恨過的人和事統統説再見，收藏好你在這一年所得到的一切，與友好一起迎接新的開始，互相祝福對方，盡情狂歡。

而我則會一如以往，在家中開著電視，看著台灣101大樓、澳洲的悉尼大橋和倫敦泰晤士河畔的煙花、紐約時代廣場的歌舞表演和維港兩岸、各個商場裡熱鬧的人群，為你們送上祝福！

薑餅人

記得七、八歲的時候，我不知從哪裡得到一個薑餅人，歡喜到不得了。雖然不捨得咬它，但總得在限期前把它吃掉，誰不知一咬之下，我的門牙幾乎裂開！原來薑餅人不如曲奇餅般鬆化，我被它可愛的外表欺騙了，它比石頭還要硬，最後我只好失落地把它扔掉，因為實在是咬不開啊。

我真的不明白！薑餅人（Gingerbread Man）是童話書中不可缺少的角色，在童話故事中不時會見到它可愛的身影，聖誕節時它更會現身店舖和商場中，增添節日氣氛，它理應是如泡泡一樣「平易近人」的，但為何它一點也不易入口的呢！及後每年的聖誕節，當我見到有人興高采烈地買它回

家時候，我心中都會暗暗的同情他們，因為我知道他們的門牙將會遭殃。

直到前一年的聖誕，朋友令我對薑餅人的態度完全改變了。

那年的十二月二十四日晚上，我約了幾個朋友一起倒數迎接聖誕的來臨。在趕赴約會的途中，其中一位朋友給我發了一個訊息，叫我盡力替她買一個薑餅人。由於太匆忙，我也來不及問她為甚麼一定要得到，但無論如何我也到了地鐵站的便利店和麵包店走走看看，希望買到一個薑餅人給她。真是奇怪！明明前兩天才見到大大小小的薑餅人鋪滿了麵包店的貨架，為何在平安夜找一個薑餅人是那麼困難的呢？最後，我和朋友都買不到薑餅人，看到她失望的表情，我也感到不是味兒。

原來她聽說只要在聖誕日當天吃了薑餅人便會得到祝福，很快便可遇到真命天子，而蜜運中的就會跟伴侶更恩愛。的確，要遇上命中注定的那一位一點也不容易，縱使找到了，要經營一段愛情也不輕鬆。雖然我不知道這個說法是傳說、是童話還是甚麼，但聽她說完之後我更想找到薑餅人，想把祝福送給她，也帶給自己。可惜我們當晚怎樣也找不到薑餅人。

當晚我回到家的時候，朋友從手機傳來一幀照片，那是一個可愛的薑餅人的照片，我替她感到高興，叫她無論薑餅人有多難吃都一定吃了它。然而，接下來的晚上我心中卻冒起了絲絲的憂愁，因為我仍未找到我的薑餅人呢！聖誕節當天我一大清早便出門了，為的是找薑餅人，我真的沒想到跟薑餅人初次邂逅的這麼多年後，我跟它的緣分竟然未了。終於，當天的下午我在百貨公司買到薑餅人，還急不及待的把它吃掉，那一刻我覺得它是天下間最可口的美食，不單止容易入口，那淡淡的薑汁味道亦予人清新的感覺。

原來薑餅人不只是聖誕節的應節食品，更重要的是它代表一種祝福，希望你今年的聖誕節也得到祝福。

記生病

你和我都試過生病，雖說小病是福，但我們大概都不希望被疾病纏擾。

對於小時候生病的情境都很模糊，大概都是媽媽帶我去看醫生，然後回家休息吃藥睡覺，餓了便只好吃麵包或媽媽煲的瘦肉粥，雖然吃的都是淡而無味的食物，而且吞藥丸和喝藥水都得花上不少功夫，但我對年幼時生病的情況總算沒有甚麼負面回憶。那時候總不會把生病當作一回事，儘管媽媽會千叮萬囑的要我戒口，雞蛋、牛肉、鴨鵝、煎炸食物和零食統統成為禁品，可是人性就是這樣奇怪，愈知道那是不可以的就愈想去做。我試過趁媽媽到街市買菜的時候偷吃零食，更試過把麥維他牛油曲奇「偷運」

到上格床，躲在被窩中偷偷地吃。

長大以後我才漸漸體會生病的苦。不知道是否人愈大愈怕受苦，還是病菌會隨人的年紀而愈變愈惡的緣故，每次生病總叫我痛苦不堪。都市人生病都離不開大大小小的痛楚：喉嚨痛、頭痛、肚痛、胃痛、牙痛⋯⋯種種都令人苦不堪言。藥房買到的止痛藥、消炎藥和咳藥水不管用的時候就得向醫生求救，但要見醫生也得過五關斬六將。雖然家庭診所隨處可見，但不論四季、冷天還是熱天都總有人生病，診所裡總是擠滿了臉色蒼白或戴上口罩的病人。每次看醫生都得在診所等上幾個小時，就算你很醒目地預約了也逃不過苦等的命運。但千萬別浪費了等候的時光，因為你得把自己的病情重新整理，好讓自己在見醫生的匆匆數十秒內以重點的方式向醫生說明病情，醫生的時間是寶貴的，而你亦早已等得不耐煩，只想快快看完取藥回家休息。到取藥付款的那一刻又是另一種的痛，生病已經夠苦了，

還得花上二、三百塊看醫生，怎能叫人不「肉痛」？遇上難纏的惡菌的話就更苦了，一次又一次的復診，不單只人因病而減磅，就連荷包也得消瘦不少。

最近看到一個電視廣告，某大財務公司開始提供視像借貸服務，方便遲放工的上班族在銀行關門後仍可借貸，我忽發奇想，政府何不把這套技術應用於替病情輕微的病人診症之上呢？透過視像鏡頭，病人可安坐家人向醫生陳述病情，醫生需要檢查時就把鏡頭放近喉嚨、鼻孔或眼睛，斷症後便叫護士配藥，病人或等通知到診所付款取藥，或加一點運費待專人把藥送到府上，大大免卻了來往診所的時間，省卻了在診所乾等的煎熬，也可讓非見醫生不可的病者得到更快的診治，一舉數得。

十二月的天氣怪得很，時冷時熱，在「視像診症」落實之前，大家還真是要小心保重身體，免得受疾病的煎熬呢！

後記：這篇文章大概寫於數年前，在二〇二二年的今天，「視像診症」因新冠肺炎的疫情發展而實現了！我覺得自己好像有預知能力。

鐵路之旅

如果香港沒有鐵路系統，上、下班的繁忙時段，路面上的交通一定會陷入混沌與黑暗之中。的確，不計它發生訊號故障的時候，鐵路是方便快捷的交通工具，但我始終對它沒有好感。

上、下班的繁忙時段，由踏入車廂到奪門而出的時間十分難熬。那份不安的感覺自候車的時候早已困擾我，雖然只是短短的十五、二十分鐘的車程，但那渾身不自然的感覺，實在叫我難以忍受，簡直令我想把自己連車廂一併消滅。

那狹長的空間，擠滿近百人，我的身體跟陌生人的身體緊緊的貼在一

起，那種令人厭惡的體溫，迫得我全身的肌肉都綳緊起來。有時候車廂稍為鬆動一點，卻又傳來陣陣的異味，汗水、體味、香水、煙臭混在空調的冷風中，彷彿我在這小盒子裡連呼吸的權利都沒有。倘若遇到了一個人不多，空氣又清新的車廂，千萬別高興得太早，那裡總有一些駭人的景象把你嚇壞！是甚麼人把扶手的柱子當作椅背一般？是哪個大嗓門在跟友人「說話」？又是誰把鞋子脫掉，目中無人地在把弄那些醜陋的腳趾？是誰在化妝貼假眼睫毛？

有時候，我真的寧願車廂中的每個人都在忙於注視著自己的手提電話、平板電腦或是手提電子遊戲機。當我看見別人在車廂內發 WhatsApp 信息、看 Facebook、煲劇或是在玩遊戲的時候，我的心反而會好過一點。起碼我知道他們都是正常的、典型的香港人，不希望打擾車內其他乘客，只想默默地完成這趟旅程。

其實每次站在黃線之後，我也祈求一會兒在我面前停泊的車廂裡會有清爽的空氣和守禮的乘客，當然，結果總是令我失望的。或許我應該學會接受，畢竟我只是鐵路裡的一個過客。

名片

自小就覺得擁有自己的名片是一件很有型的事，大概是因為從銀幕中看到那些經理、董事長和有錢人神氣地向人遞上名片的場景，然後他們還會拋下一句：：「需要幫忙便找我吧！」然後取得名片的人便會從眼中留露出感激羨慕之情。我每每幻想著自己的名字被印在精美的長方形小卡片上：某某國際行政總監ＸＸＸ小姐、某某控股有限公司主席ＸＸＸ小姐或是某某金融集團香港區主管ＸＸＸ女士等，多厲害！

長大後我投身教育界，自知「擁有自己的名片」的願望應該無法實現，因此我便開始搜集和儲藏別人的名片，希望藉以補償自己心靈上的缺口。

一開始我先是徵收友人的名片，當中有的是社福機構的，有的是地產公司的，有的是保險基金公司的，也有來自德勤、安永等名字響噹噹的會計公司的。除了向朋友徵集名片外，我也喜歡收集不同店舖的名片，因為它們大都設計獨特，有的更會有不同的形狀和顏色。在我的藏品中有一張最得我喜愛，那是一張淡粉紅色的呈梅花形狀的名片，來自一間書舍，既配合店名，也有書卷的典雅韻味。工作的時候我也會收到不同的名片，大都是來自教科書出版商或教材供應商，也有一些是來自到校演講的嘉賓們。

我喜歡細閱每一張名片，由人家的名字、職位到公司的徽號，再到卡片的設計及色彩的運用，我都不會錯過，至於腦裡面想著的，就是把自己的名字代入其中。

不知道是否上天知我很渴望擁有自己的名片，有一個學年，當時新任校長竟然替每位老師印製卡片，而且每人獲分配三百張之多。當收到自己名片的那一刻，我有一種興奮莫名的感覺，很有一鼓衝動想把名片全都派出去，想証明自己是個「有身份、有地位」的人。然而當我冷靜下來後，我問自己：「究竟我可以向誰派我的名片呢？」。最後，那些名片成為了同事與同事之間互相交換的小玩意，也成了我在離職時派給學生們的紀念品。

説書

世界閱讀日，應該說書。

腦海中不斷搜索，想找一本值得向諸位推介但又未動筆撰文的好書；呆坐半晚，心大心細，放棄！

當你刻意去找的時候，結果每每讓人失望；這個風大雨狂的晚上，我的思緒總未能平靜下來，閒思雜念堆滿書桌。

我想到個多月前在書店買給姨甥卓楠的《我也要當 YouTuber！百萬粉絲網紅不能說的祕密：拍片、剪輯、直播與宣傳實戰大揭密》，這是我第一次買這樣的書。依稀記得卓楠有自己的 YouTube 頻道，之前看過他直播打遊戲、在家中介紹怎樣破解被媽媽封鎖的電腦影片，年紀輕輕卻鬼主意多多，令我印象深刻。年假後因為疫情開始停課，快要升中的他在家百無聊賴，我再次想起他拍的小片段，於是在書店買下那本名字長得讓人窒息的書。

一次午飯，我把書送到他手中，我竟然妄想他願意拿起這本書跟我這個姨姨合照！傻得我，原來轉眼間，卓楠已是個快上中學的小伙子了。後來，二家姐告訴我卓楠不常看書（怎會？我明明記得自己曾經在他五年級的時候驚嘆他閱讀報紙的能力，許多艱深的字他也懂啊！），無論如何，我相信終有一天卓楠會想起那個會送他書的姨姨，然後隨手翻翻那本書，想起他還未跟我拍的合照。

我也想到阿濃那本《本班最後一個乖仔》，一本我曾經擁有卻早就不在我身旁的書、一本我很想珍藏卻絕不會再買的一本書。峰華是我中四那一年認識的朋友，一位總帶幾分神祕，深藏不露的女生，我們一起上文科班，我喜歡跟她在一起，因為她跟我一樣爽朗，我愛跟她分享讀書點滴、誰愛上了誰的傻事，我們也會一起站在走廊呆望校園內的人和物、逛商場、影貼紙相和吃下午茶。

數年前，我輾轉之下收到她的死訊，從手機短訊看到她出殯的日期、時間和地點；我難以接受，三十還未到，為何這麼快便帶她走？那些年我們總喝不厭的熱檸水已經放涼，那首諷刺我的歌不再熱播，那個我曾經暗戀得天昏地暗的人早已在我心中盪然消逝，而峰華也被取消了生存的資格。我知道峰華借去的那本書永遠也不能還給我，但她會替我好好保管。

今天，你又想到哪一本書？

後記

過去的一年，我跟世界一樣，經歷了很大的高低跌盪。去年年中，我開了一家書店，在差不多同一時間，我的首本散文集《小情書》出版，在電台中當上嘉賓主持，我覺得自己是個超級幸運兒，能做著一切跟書和閱讀有關的事情。

出版《小情書》是一個偶然，在它面世後我深深感受到當作者的喜悅，特別是在自己的書店裡遇上買《小情書》的陌生讀者，我總按奈不住問他們買這本書的原因，有的說因為當中的幾篇引起他們強烈的共鳴、有的說因描寫這個城市的篇章讓他們感到十分親切、也有覺得要多多支持本地創作的。

到了年底，在事業發展得如火如荼之際，命運把我送上了一列突如其來、沒有終站和充滿未知與恐懼的列車。在我不知所措的時候，感激身邊有家人、朋友和同事的支持和鼓勵，讓我定過神來，讓我知道自己有多幸運。

書是一位沉默的老師，總是用最溫柔的語調向我們細訴不同小故事、大道理。當我獨自一人的時候，書本和文字是我最大的安慰，支撐著我沉重的身軀、伴我一步一步走過難關。

感謝身在彼邦的阿濃，在遠方的他的一字一句總溫暖得讓我覺得他就在我身旁為我打氣；感謝茹國烈先生，書是我們共同的好朋友；感謝每一位為我寫下推薦的朋友，你們都是我人生中珍貴的禮物。

我把這趟突如其來的旅程記錄在《小情書 2》中，容我藉此機會與喜歡文字的你分享這一封送給生命的小情書。

小書作品集

小情書 2

作　　者：小　書
責任編輯：黎漢傑
封面設計：Zoe Hong
法律顧問：陳煦堂 律師

出　　版：初文出版社有限公司
　　　　　電郵：manuscriptpublish@gmail.com

印　　刷：陽光印刷製本廠

發　　行：香港聯合書刊物流有限公司
　　　　　香港新界荃灣德士古道 220-248 號
　　　　　荃灣工業中心 16 樓
　　　　　電話 (852) 2150-2100 傳真 (852) 2407-3062

臺灣總經銷：貿騰發賣股份有限公司
　　　　　　電話：886-2-82275988 傳真：886-2-82275989
　　　　　　網址：www.namode.com

新加坡總經銷：新文潮出版社私人有限公司
　　　　　　　地址：366A Tanjong Katong Road, Singapore 437124
　　　　　　　電話：(+65) 8896 1946 電郵：contact@trendlitstore.com

版　　次：2022 年 7 月初版
國際書號：978-988-76253-1-5
定　　價：港幣 118 元　新臺幣 360 元

Published and printed in Hong Kong

香港印刷及出版